Wilhelmine von Hillern
Die Geierwally

Wilhelmine von Hillern

Die Geierwally

Roman

rosenheimer

Besuchen Sie uns im Internet:
www.rosenheimer.com

Bearbeitung und Lektorat: Ulrike Nikel, Herrsching am Ammersee
Titelfoto oben: © fotolia, world images
Titelfoto unten: © Hannes Bessermann; Barbara Romaner als »Geierwally« bei den Luisenburgfestspielen der Stadt Wunsiedel 2005
Satz: Bernhard Edlmann Verlagsdienstleistungen, Raubling
Druck und Bindung: GGP Media GmbH, Pößneck
Printed in Germany

ISBN 978-3-475-54049-3

1

Hoch oben auf einem schroffen Felsvorsprung, wo sonst nur die Adler ihre Nester bauen, stand einsam ein Mädchen und spähte angestrengt hinab in den schwindelnden Abgrund, wo sich weit unten die Ache tosend durch eine Schlucht stürzte und die Gischt an die felsigen Wände sprühte. Sie entdeckte dort, klein wie Spielzeugsoldaten, zwei Männer, die soeben auf einem schmalen Steg den wilden Gebirgsfluss überquerten.

Als hätten die beiden bemerkt, dass sie beobachtet wurden, richteten sie ihre Augen in die Höhe und sahen das Mädchen, dessen winzige Umrisse sich scharf gegen den klarblauen Himmel und die blendend weißen Gletscher abzeichneten. Mit wehenden Röcken, an denen der Wind riss, stand sie reglos da und scheinbar furchtlos trotz ihres gefährlichen Aussichtsplatzes.

Die beiden Männer blieben stehen, und der eine, ein fescher junger Gamsjäger, schüttelte den Arm in Richtung der kleinen Gestalt. Der andere, offenbar ein Städter, der den Einheimischen für seine Wanderung ins obere Ötztal zum Führer bestellt hatte, fragte angesichts der fast drohend anmutenden Geste, ob er denn wisse, wer das da oben sei. »Das kann nur die Geierwally sein. Kein anderer tät sich so nah an den Abgrund wagen und schon gar kein Madel. Außer der Wally eben, denn die schert sich um gar nichts, tut immer das Gegenteil von dem, was jeder vernünftige Christenmensch tun würde. Schauen Sie nur hinauf zu ihr – man möcht fast glauben, der Wind müsste sie hinunterreißen, aber der passiert nie und nimmer irgendwas.« Seine Stimme ließ Zweifel erkennen, ob es dabei mit rechten Dingen zuging.

Bevor sie den dunklen, feuchtkühlen Fichtenwald betraten, blieb der Gamsjäger noch einmal stehen, legte den Kopf in den Nacken und schickte der einsamen Gestalt dort oben einen wenig freundlichen Gruß hinauf. Die stieß, als ob sie bemerkt hätte, dass der Wanderer ihr etwas zurief, genau in diesem Moment einen lauten Juchzer aus, der so gellend von den Felsen widerhallte, dass ein schwaches Echo sogar bis in die Schlucht drang. Der junge Bursche, der bislang großartig dahergeredet hatte, zuckte erschreckt zusammen, erinnerte ihn der Laut doch an das gespenstische Rufen der sagenumwobenen Feen, der Töchter des Gletschergeistes Murzoll, das die Bewohner des Ötztals im Dunkel der Wälder von Zeit zu Zeit zu hören glaubten – und das sie fürchteten. Die zarten, geisterhaften Wesen galten den abergläubischen Menschen nämlich als Unglücksboten, die auftauchten, um jeden zu bestrafen, der einer Gams etwas zuleide tat. Und das traf hier auf die meisten zu.

Der junge Mann – Joseph hieß er und stand im Ruf außergewöhnlicher Tapferkeit – erholte sich schnell von seinem Schreck und schrie nochmals zu dem Felsen hinauf, obwohl das Mädchen seine

Worte nicht verstehen konnte. »Ja, schrei du nur – ich werd ihn dir schon austreiben, deinen Dünkel. Da kannst dich drauf verlassen.«

Der Fremde beobachtete mit Verwunderung, wie sich sein Begleiter in Eifer redete. Eigentlich hatte er nicht mehr im Sinn gehabt als eine beschauliche Wanderung unter kundiger Führung, doch jetzt wollte er wissen, was es mit diesem geheimnisvollen Mädchen auf sich hatte. »Warum heißt die da oben denn die Geierwally?«, fragte er seinen Begleiter.

»Das ist eine lange Geschichte. Sie war schon immer eine Draufgängerin und hat als Kind einmal ein Geiernest ausgenommen, sich dabei sogar auf einen Kampf mit dem alten Vogel eingelassen. Als sie dann das Jungtier auch noch selbst aufzog, hatte sie ihren Namen.« Joseph machte eine Pause, bevor er fortfuhr. »Man kann sagen, was man will, und die Leut reden viel über die Wally, aber sie ist das schönste und stärkste Madel weit und breit, und das reichste dazu. Leider hält sie sich drauf arg viel zugute, kommandiert die Burschen herum, dass es eine wahre Schande ist. Und keiner bringt die Schneid auf, es ihr einmal richtig zu zeigen, wer da eigentlich das Sagen hat. Die meisten haben Angst vor ihr, lassen sich von der Wildkatz verjagen, behaupten, mit ihr könnt es eh keiner aufnehmen. Wirklich ein Jammer, wie die Wally sich aufspielt – sie glaubt halt, dass niemand gut genug für sie wär. Wenn ich mal zu der da hinaufkäm, der tät ich den Hochmut sauber austreiben und ihr zeigen, dass sie's mit mir net machen kann wie mit den anderen. Und wenn nicht, dann reiß ich mir selber Gamsbart und Feder vom Hut.« Als er den fragenden Blick des Städters sah, setzte er hinzu: »Das machen wir hier in der Gegend zum Zeichen, dass einer kein richtiger Mann, sondern ein Waschlappen ist.«

»Warum hast denn du nicht schon dein Glück bei ihr versucht, wenn sie so reich und so schön ist?«, fragte der Fremde.

»Ach wissen Sie, ich hab sie einmal kurz gesehn, es ist schon eine Weile her – da war sie eigentlich ganz nett, aber danach sind dann so allerlei Sachen passiert, und es heißt, jetzt sei sie noch unleidlicher geworden. Und überhaupt mag ich keine Madeln, die halbe Buben sind. Das taugt nie und nimmer und schickt sich net. Freilich, wenn man's recht bedenkt, da kann sie nix dafür. Der alte Stromminger, ihr Vater, hat sie so erzogen, weil er einen Sohn wollt. Aber damit war's aus, weil ihm die Frau gleich bei der Geburt des ersten Kindes gestorben ist. Die Wally soll so groß und kräftig gewesen sein, dass sie die Mutter schier umgebracht hat. Wer weiß, vielleicht gibt der Vater ihr womöglich die Schuld an dem Unglück. Die Stromminger, die seit Generationen auf dem schönen Höchst-Anwesen sitzen, waren immer schon harte Leut, aber der jetzige treibt's am ärgsten. Ungerecht ist er, aufbrausend und jähzornig und bei kaum jemandem gut gelitten. Als er jünger war, hat er herumgerauft und mit aller Welt Händel angefangen – im ganzen Tal war er drum verschrien. Seine Tochter soll's auch nicht gut bei ihm haben, ohne

Liebe ist sie aufgewachsen. Außer dem rechthaberischen Vater, dessen Willen sie sich fügen muss, ist da nur eine alte Magd, die Kathi. Aber die hat zumindest versucht, dem Kind ein wenig die Mutter zu ersetzen. Trotzdem ist die Wally ganz nach der Art der Strommingers geschlagen. Leider, es ist richtig schad für sie – sie hätt sonst ein blitzsauberes Madel werden können.«

Der junge Jäger schien seinen Bericht an dieser Stelle beenden zu wollen, doch sein Begleiter forderte ihn auf, mehr zu erzählen von diesem Mädchen, über das sich scheinbar alle das Maul zerrissen. Sie sei schon als Kind aufgefallen, fuhr der Joseph fort. Niemand, auch kein Bub, war so mutig und so stark wie sie, so unerschrocken, dass sie selbst die gefährlichen Stiere auf dem väterlichen Hof nicht fürchtete und es mit jedem aufnahm, ob Mensch oder Tier. Keiner konnte sich mit ihr messen, und die Buben fühlten sich von ihr beschämt. Aber als einsames Kind in einer lieblosen Umgebung wurde sie auch hart und eigenwillig, wollte immer ihren Willen durchsetzen, gab sich schroff und unzugänglich wie die scharfkantigen Felsspitzen, an denen die Geier nisteten und die Wolken zerplatzten.

Für jedes riskante Unternehmen war die Wally zu haben, denn sie liebte die Herausforderung, das hatte ihr der Vater anerzogen. Sie zählte kaum vierzehn Jahre, da entdeckte ein Bauer an einer Felswand unterhalb des Hochplateaus, auf dem das Dorf Sonnenplatte lag, das Nest eines Lämmergeiers mit einem Jungen und erzählte seine

Beobachtung überall herum. Wetten wurden abgeschlossen, ob einer der Burschen es wagen würde, hinabzusteigen und das Nest auszunehmen, aber keiner mochte sich melden – zu gefährlich und sinnlos erschien diese Mutprobe. Dem Stromminger kam solches Zurückweichen der männlichen Dorfjugend gerade recht. Feiglinge seien sie alle, höhnte er, seine Walburga werde es ihnen schon zeigen. Und die erklärte sich gleich zu dem Wagnis bereit.

Die Burschen reagierten gekränkt, während die Frauen vor allem empört darüber waren, dass ein Vater das Leben seines einzigen Kindes so leichtfertig aufs Spiel setzen wollte, nur um den anderen eins auszuwischen und selbst damit prahlen zu können. »Höchstbauer, das heißt Gott versuchen«, mahnten auch die Männer des Dorfes, aber der Stromminger lachte nur. Diese Gelegenheit, aller Welt einmal wieder zu beweisen, wie sehr seine Familie über den anderen stand, die wollte er sich nicht entgehen lassen.

»Ihr werdet's schon sehn, dass mein Dirndl mehr wert ist als zehn Buben von euch!«, rief er voll falschem Stolz den Bauern zu, die zusammenströmten, um das unglaubliche Schauspiel mit anzusehen. Viele lockte nur die Sensation, doch einige unter ihnen empfanden echtes Mitgefühl für das Mädchen, Schließlich hatte die Wally das Leben noch vor sich und wurde nun vom eigenen Vater einer solchen Gefahr ausgesetzt, die sie womöglich zum Opfer seiner Angeberei und Großmannssucht werden ließ.

Da die Felsenwand, an der das Nest hing, fast senkrecht abfiel und nicht von unten zu erklettern war, blieb nur die Möglichkeit, es von oben zu versuchen. Wally bekam einen Strick um den Leib, den vier Männer, darunter ihr Vater, hielten und an dem sie in den Abgrund hinabgelassen wurde. Die Zuschauer schienen von düsterem Grauen gepackt, als das Mädchen, mit einem Messer in der Hand, in der Tiefe verschwand. Doch sie selbst wirkte völlig unbekümmert, genoss es offenbar, wie ein Vogel durch die Lüfte nach unten zu segeln. Kein Gedanke, dass ihr etwas zustoßen könnte. Oben hörte man sogar ihren Freudenschrei, als sie das Nest erreichte, wo der Jungvogel dem fremdartigen Besuch ängstlich die flaumigen Federn entgegensträubte und piepsend den unförmigen Schnabel aufriss.

Ohne langes Zögern packte sie das Küken, das nun ein jämmerliches Geschrei anfing, und barg es sorgfältig unter ihrem Arm. Plötzlich erhob sich ein gewaltiges Rauschen, Flattern und Zetern um ihren Kopf herum, sodass es ganz dunkel wurde. Eines der Elterntiere war zum Nest zurückgekehrt und forderte sein Junges zurück. Das aber hielt die Wally krampfhaft fest, schützte nur, so gut es ging, die Augen vor den erbitterten Attacken des Geiers, indem sie das Gesicht gegen die Felswand drückte, und hieb blind und auf gut Glück mit dem Messer um sich. Irgendwann ließ der Altvogel von ihr ab und schoss in die Tiefe, und die Männer begannen, sie auf ein Rucken am Seil hin nach oben zu ziehen. Da stand sie dann stolz, wenngleich mit zerschundenem Gesicht und blutenden Händen, das Küken als Trophäe unter dem Arm.

»Aber Wally«, sagten die Leute, »du hättest das Junge auslassen sollen, dann hätt der Geier dich nimmer angegriffen!« – »O nein«, antwortete sie aufgebracht. »Wie könnt ich das übers Herz bringen. Das arme Ding kann ja net fliegen. Es wär in den Abgrund gestürzt und tot gewesen.«

In diesem Moment trat der Vater hinzu, und die Umstehenden wurden Zeugen einer seltenen Szene, denn der Höchstbauer umarmte seine Tochter und küsste ihre Wange. Es war der erste und letzte Kuss, den Wally von ihm bekam. Und damit keine Zweifel aufkommen konnten, warum er das tat, wandte er sich an die Dörfler, um diese kleinzureden und sich selbst groß herauszustellen. »Schaut her, was ich euch gesagt hab! Mein Dirndl, das schafft, was eure Buben allesamt nicht zuwege bringen. Das sind doch keine Kerle, die sich von einem Madel vormachen lassen, was Mut ist. Aber sie ist eben meine Tochter, die Wally, mein Fleisch und Blut, eine echte Stromminger, stark und unbeugsam.« So hatte der Vater geredet und damit die Leute und insbesondere die Burschen noch mehr gegen das Mädchen aufgebracht. Und danach sei das Verhältnis immer schlechter geworden, denn niemand wolle mit einem solchen Mannweib zu tun haben, schloss der stattliche Joseph seinen langen Bericht.

Aber das war nur die eine Seite. Er und die anderen hatten keine Ahnung, dass es im Innersten des äußerlich so abweisenden, hochmütigen

Mädchens bisweilen ganz anders aussah, denn da wohnte eine empfindsame Seele. Häufig zog es Wally an einsame Flecken, wo sie träumerisch ihren Gedanken nachhing.

Denn seit einiger Zeit trug sie, wo sie auch ging und stand, das immer gleiche Bild in ihrem Herzen, das sie ebenso in der grauen Dämmerung des Morgens begleitete wie in der goldenen Mittagsglut, im roten Licht des hereinbrechenden Abends oder im bleichen Schein des nächtlichen Mondes. Stundenlang pflegte sie an verborgenen Aussichtsplätzen zu stehen und Ausschau zu halten, um noch einmal einen Blick auf den Mann zu werfen, dem ihre ganze Sehnsucht galt, der so ganz anders war als die langweiligen, kraftlosen Burschen, die sie ansonsten kannte. Groß und stark war er, mutig und verwegen – genau wie sie. Und deshalb ließ sie auch an diesem Tag ihre Augen wehmütig über die Schlucht gleiten in der Hoffnung, dass genau derjenige, an den sie ständig dachte, vorbeikommen würde. Jeder Wanderer, den sie nur als winziges, bewegliches Figürchen ausmachte, konnte es schließlich sein – und nun hatte sie ihn endlich in dem großen, stattlichen Gamsjäger dort unten wiedererkannt. Hatte er nicht sogar grüßend die Hand gehoben?

Und weil sie sich das so sehr wünschte, stieß sie aus befreiter Brust einen lauten Jodler aus – nur deshalb und nicht etwa um die Männer zu verspotten, wie der Joseph vermutete. So nahm sie auch den verwehten Klang seiner Antwort als freundliches Zeichen. Zum Glück blieb ihr der Sinn der Worte verborgen. Sonst wäre mit einem Mal jede Freude verflogen und ihr Gesicht erbleicht wie ein Gletscher nach Sonnenuntergang, und das Mädchen hätte alle Weichheit in sich erneut tief im Innern verschlossen, um nicht erneut enttäuscht zu werden. So aber setzte sie sich, nachdem die Wanderer ihren Blicken entschwunden waren, heiteren Sinnes auf die Kante des Abgrunds, ließ die Füße baumeln und rief sich all die wundervollen Erinnerungen ins Gedächtnis zurück, als sie ihn, den einen, an den sie bei Tag und Nacht dachte, zum ersten Mal gesehen hatte. Der Joseph wäre sehr erstaunt gewesen, wenn er von den heimlichen Sehnsüchten der unnahbaren Geierwally gewusst hätte.

2

Es war um Pfingsten vor einem Jahr gewesen. Da beschloss der Stromminger unerwartet, seine Tochter doch noch firmen zu lassen, und zwar in Sölden, wohin alle zwei Jahre der Bischof kam. Bislang hatte der Bauer sich Wallys Bitten widersetzt, und sie hatte sich fügen und seine fragwürdigen Begründungen akzeptieren müssen. Nach der Firmung, da gehe es gleich los mit dem Anbandeln und vielleicht sogar dem Brautwerben – das komme für seine Tochter nicht infrage, punktum.

Mittlerweile war die Wally sechzehn und mithin ein recht altes »Firmkind«, und deshalb schämte sie sich ein wenig, fürchtete sich, ausgelacht zu werden, doch niemand nahm überhaupt Notiz von ihr. Es herrschte nämlich gerade große Aufregung im Ort, weil es hieß, der Hagenbacher-Joseph habe den gefährlichen Bären erlegt, dem man im benachbarten Vinschgau schon lange vergeblich nachstellte. Erst der verwegene Bursche aus Sölden habe geschafft, was den Einheimischen misslungen sei. Die Bewohner des Ötztaler Ortes waren so stolz, dass die Firmung darüber beinahe in Vergessenheit geriet, zumal man stündlich auf die Rückkehr des Bärentöters wartete – was dann natürlich entsprechend gefeiert werden sollte. Alle äußerten einhellig die Meinung, dass der Joseph der stärkste, mutigste und fescheste Bursche in allen umliegenden Tälern sei, dazu ein Schütze, wie es keinen zweiten gebe. Vor allem die Dorfschönheiten hingen gebannt an den Lippen derjenigen, die von den Heldentaten des jungen Jägers berichteten und diese immer mehr ausschmückten. Dass ihm kein Berg zu steil und kein Weg zu weit sei, keine Kluft zu breit und keine Gefahr zu groß. Ohne Zweifel wünschte sich manch eines der Mädchen den Joseph zum Ehemann. Einen wie den zu bekommen, darauf könnte man stolz sein. Mit dem ließ sich Staat machen.

Von Stolz erfüllt war auch eine ältliche, bleich und kränklich aussehende Frau, die jetzt über den Rasen daherkam. Es war die Hagenbacherin, die Mutter des Helden, die alle überschwänglich beglückwünschten, weil ihr Sohn so viel Ehre eingelegt habe.

»Das ist schon einer, dein Joseph«, sagten die Männer anerkennend, »an dem kann sich jeder ein Beispiel nehmen.« – »Wenn das dein Mann, Gott hab ihn selig, noch hätt erleben können, wie würde der sich gefreut haben«, ergänzten die Frauen.

Die verhärmte Frau lächelte geschmeichelt: »Ja, er ist ein stattlicher Bursch, der Joseph, und ein braver Sohn, wie's keinen bessern gibt. Aber ihr könnt's mir glauben, ich komm aus den Ängsten nimmer raus, weil er gar so waghalsig ist. Immer denk ich, sie bringen ihn mir mit zerschlagenen Gliedern heim! Es ist ein Kreuz.«

Wally hatte wie alle anderen vor der Kirche Wartenden die angeregten Gespräche verfolgt und versuchte sich den Bärentöter, den sie nicht kannte, vorzustellen. Wie stark und beherzt er wäre, wie ansehnlich und beliebt bei allen Leuten. Hoffentlich kam er noch rechtzeitig, bevor sie wieder nach Hause musste, denn sie brannte richtiggehend darauf, diesen außergewöhnlichen Burschen zu Gesicht zu bekommen.

Sie schreckte aus ihren Gedanken auf, als plötzlich die Gruppe der Firmlinge vom Bischof und vom Ortspfarrer zusammengerufen und in die Kirche geleitet wurde. Doch auch da dachte die Wally mehr an die Wunderdinge, die der Joseph vollbracht haben sollte, als an die heilige Handlung, die fast wie im Traum an ihr vorüberzog. Mitten im Schlusssegen erscholl draußen vor der Kirche wildes Hurrageschrei. »Der Joseph kommt, er ist bald da!« Kaum dass der Geistliche den Segensspruch beenden konnte, stürzten alle hinaus und umringten jubelnd einen jungen Gamsjäger, der – begleitet von einer Schar Burschen aus den Nachbartälern – soeben den Kirchplatz erreichte.

Aber wie stattlich die Schnalser und Vinschgauer auch sein mochten, keiner kam ihm gleich. Er überragte sie alle an Größe und sah umwerfend gut aus, wahrlich ein Bild von einem Mann. Über der Schulter trug er ein Bärenfell, dessen bedrohliche Tatzen auf seiner breiten Brust baumelten. Er kam so stolz daher wie ein Kaiser, tat immer nur einen Schritt, wo die anderen zwei brauchten, und war ihnen trotzdem voraus. Alle machten ein Aufheben um ihn, als wäre er wirklich der Kaiser im Jägerhabit. Der eine trug ihm die Flinte, der andere die Joppe, und alle, bis auf ihn, schienen einen gewaltigen Rausch zu haben. Während seine Begleiter schrien und johlten, ging er auf die Geistlichen zu, die gerade aus der Kirche heraustraten, und zog demütig den bekränzten Hut. Der Bischof schlug das Zeichen des Kreuzes über ihm und sagte: »Der Herr war mit dir, mein Sohn! Du hast mit seiner Hilfe vollbracht, was sonst keinem gelungen ist. Die Menschen müssen dir danken – du aber danke dem Herrn!«

Bei diesen Worten begannen viele vor Ergriffenheit zu weinen, und auch der Wally, die selten Rührung verspürte, wurden die Augen feucht. Erst jetzt überkam sie eine andächtige Stimmung, wie sie sie während der Firmung nicht zu spüren vermocht hatte, sich aber mit einem Mal machtvoll einstellte, als sie den stattlichen Jäger mit gebeugtem Haupt unter der segnenden Hand des Priesters sah. Bevor sie sich länger in die Betrachtung dieses Bildes vertiefen konnte, wandte sich der Joseph suchend um und hielt Ausschau nach seiner Mutter.

»Weißt, Mutterl, um dich hätt's mir leid getan, wenn ich nimmer wiedergekommen wär«, sagte er, sobald er sie entdeckt und umarmt hatte. »Es ist ja eh schon so, dass du dir ständig Sorgen um mich machst, und was hättest auch ohne meine Hilfe anfangen mögen. Aber lass uns von was anderem reden, dein Sohn ist schließlich heil zurückgekehrt.«

Die Wally belauschte von ihrem Beobachtungsposten das vertraut-liebevolle Gespräch und dachte wehmütig daran, wie sehr ihr mütterliche

Zuwendung immer gefehlt hatte. Außerdem beneidete sie glühend die Hagenbacherin, die von den starken Armen des Joseph schützend gehalten wurde. Das Mädchen seufzte tief.

»Aber jetzt erzähl, wie's dir ergangen ist!«, drangen die Bauern auf den jungen Helden ein.

»Ja, ja, wartet nur eine kleine Weile«, lachte er und warf das Bärenfell auf den Boden, damit alle es betrachten konnten. Und weil es ein so besonderer Anlass war, ließ der Wirt des Dorfgasthofs zur Feier des Tages ein Fass Bier auf den Platz schleppen und anzapfen, denn jetzt hatte man gleich zwei Ereignisse zu begießen: die Firmung und das Husarenstück des jungen Jägers. Jeder wollte dabei sei, jeder zuhören – da hätte die kleine Wirtsstube bei Weitem nicht ausgereicht. So drängten sich die Leute möglichst nahe an den Joseph heran, die Kinder kletterten auf Bänke und Bäume, um sich einen Vorzugsplatz zu sichern. Die Wally erklomm schnell eine Fichte, von wo sie ihm geradewegs ins Gesicht sehen konnte, doch weil andere sie darum beneideten, sie aber ihren Platz nicht räumen wollte, gab es Streit und Lärm. Da schaute der Held, der in ihren Augen fast ein wenig so aussah wie der Sankt Georg in der Kirche, herauf zu ihr, und seine funkelnden Augen blieben eine Weile lächelnd auf ihrem Gesicht haften. Alles Blut stieg dem Mädchen unter diesem Blick zu Kopf, und der Schlag ihres Herzens pochte bis in die Ohren hinein.

In ihrem ganzen Leben hatte sie sich nicht so verwirrt gefühlt, und sie wusste nicht einmal, warum! Hörte auch nur halb, was der Joseph erzählte, denn in ihrem Kopf und in ihrem Herzen war nur Platz für einen Gedanken: Wenn er doch nur wieder heraufschauen würde zu ihr. Wobei sie nicht wirklich sicher war, ob sie es wünschte oder fürchtete. Als es dann tatsächlich noch einmal geschah, da blickte sie schnell weg und schämte sich fast, als sei sie bei etwas Unrechtem ertappt worden. Oder war es das womöglich? Niemand hatte sie auf solche Kapriolen in ihrem Inneren vorbereitet, niemand sie darauf hingewiesen, was es hieß, sich zu verlieben, Gefühle zu empfinden. In der Kälte des väterlichen Hauses pflegte man solche Sachen totzuschweigen.

Und so war die Wally jetzt hin und her gerissen zwischen Glückseligkeit und Schuldbewusstsein, schaute unentwegt zu ihm hin und fürchtete gleichzeitig, er könnte es bemerken. Aber wieso sollte ausgerechnet er irgendein Interesse an dem zu alten Firmling auf dem Baum haben? Er hatte ein paarmal zu ihr hingeschaut, wie man ein Eichkätzchen betrachtet, weiter nichts. Das redete sie sich unablässig ein und empfand doch eine tiefe Traurigkeit. Und so etwas wie Enttäuschung. Zum Trost griff sie nach ihrem Rosenkranz mit den roten Korallen und einem ziselierten silbernen Kreuz, einem Geschenk des Vaters anlässlich ihrer Firmung. Doch plötzlich, weil sie in Gedanken versunken damit spielte und ihn um die Finger wickelte, riss die Schnur, und rote Perlen rieselten wie Blutstropfen vom Baum nieder. Sogleich hörte sie eine innere Stimme, die ihr warnend zuraunte, dies sei ein sehr, sehr schlechtes Zeichen. Und sie wusste bereits, dass die Kathi ihr später genau das Gleiche vorhalten würde. »Es ist net gut, wenn was zerreißt, während man an etwas denkt«, pflegte die alte Magd immer zu sagen.

An etwas denken. Ja, an was dachte sie denn überhaupt?

Sie sann darüber nach und wusste keine Antwort. Eigentlich war es nichts Bestimmtes, und folglich musste sie sich auch nicht wegen des Rosenkranzes sorgen, versuchte sie sich zu beruhigen. Und doch war ihr, als wäre plötzlich die Sonne bleich hinter einer Wolke verschwunden und als würde ein kalter Windhauch sie umwehen – obwohl sich kein Halm regte und die Sonne unverändert vom blauen Himmel strahlte.

Während sie in hilfloses Grübeln versunken auf ihrem Baum saß, beendete der Joseph seine Erzählung und hob stolz den Beutel mit den Münzen in die Höhe, die er als Prämie für den zur Strecke gebrachten Bären erhalten hatte. Alle applaudierten aufs Neue begeistert, klopften dem Prachtburschen auf die Schultern. Nur einer hielt sich mürrisch im Hintergrund, ohne in das allgemeine Lob einzustimmen. Das war der Höchstbauer, Wallys Vater. Der konnte es nämlich auf den Tod nicht leiden, wenn jemand eine Heldentat vollbrachte, der nicht zu seiner Familie gehörte. Niemand durfte so stark sein wie ein Strommingerspross, und deshalb musste die Wally einfach besser sein als der Hagenbacher, dessen Familie der seinen nicht das Wasser reichen konnte.

Dreißig Jahre hatte niemand angezweifelt, dass er der stärkste und mutigste Kerl in der ganzen Gegend war, und so versetzte es seinem übertriebenen Stolz einen gewaltigen Schlag, als einer der Burschen jetzt ganz anders daherredete. Der Joseph gerate ganz nach seinem Vater, meinte er, und der sei schließlich der größte Draufgänger und Raufbold und der beste Schütze gewesen, den man in diesem Teil des Gebirges jemals zu Gesicht bekommen habe.

Es war ein Schlag für die Eitelkeit des Stromminger, den er nicht hinnehmen konnte. »Ihr Dummköpfe, was soll das Gerede«, rief er mit hochrotem Gesicht. »Vergesst den Höchstbauern net – der hat noch einen jeden in die Tasche gesteckt, und das wird sich auch niemals ändern. Und der Hagenbacher, der war nur mit dem Maul der Größte und mit sonst nix.«

Alle wichen erschrocken zurück, schwiegen, nur der Joseph schoss wie eine verwundete Wildkatze vor und schaute seinen Kontrahenten mit funkelnden Augen an: »Wer sagt hier, dass mein Vater ein Maulheld war?«

»Ich sag's, der Höchstbauer von der Sonnenplatte, und ich weiß, was ich red, denn ich hab ihn gewiss zehnmal niedergerungen wie einen nassen Sack.«

»Das stimmt net«, schrie der Joseph. »Ich lass meinen Vater von niemandem beleidigen.«

»Joseph, sei ruhig und lass Höchstbauern. Sich mit dem anzulegen, das bringt nur Unglück«, flüsterten ihm die Leute zu.

»Höchstbauer hin, Höchstbauer her – selbst wenn unser Herrgott vom Himmel herabstieg und wollt mir meinen Vater schlechtmachen, ich würd's net zulassen. Ich weiß schon, der Stromminger und der Vater haben immer Händel miteinander gehabt, weil mein Vater der Einzige war, der's mit dem da hat aufnehmen können. Und er war ebenso stark wie er.«

»Nix da«, schrie der Stromminger außer sich vor Wut. »Dein Vater war ein Tropf gegen mich. Wenn einer von euch Ehre im Leib hat, soll er's bestätigen – und wenn du's dann immer noch leugnest, dann werd ich's dir einbläuen.«

Der Joseph war bei dem Wort »Tropf« wie rasend auf seinen Gegner zugesprungen: »Du nimmst das Wort zurück, oder …«

»Jesus Maria«, kreischten die Frauen. – »Lass gut sein, Joseph«, versuchte die Mutter zu begütigen. »An dem alten Mann darfst dich net vergreifen.«

Das war Wasser auf die Mühlen des Stromminger. »Wollt ihr mich jetzt als alten Trottel abstempeln? So altersschwach bin ich noch nicht, um es nimmer mit solch einem Grünschnabel aufzunehmen, auch wenn der zehn Bären gejagt hätt«, schrie er erbost und stellte sich kampfbereit in Position, um sich gleich darauf wie ein wütender Stier auf den jungen Jäger zu stürzen, der unwillkürlich zurückwich unter dem wuchtigen Anprall. Aber das Schwanken währte nur einen Augenblick, denn Josephs Körper war muskulös, elastisch und schnell – mochte er auch gebeugt werden, so schnellte er gleich wieder zurück wie die hohen Fichten, die nichts aus ihrer Verankerung im nackten Gestein zu reißen vermochte, weder die schwere Last des Schnees noch die Gewalt der Stürme.

Das musste auch der Höchstbauer nach einer Weile erkennen, denn nach kurzem Ringen schlangen sich Josephs Arme fest um ihn und schnürten ihm die Luft ab, sodass ein gequältes Stöhnen sich seiner Brust entrang. Dennoch ließ der junge Riese nicht ab von ihm, und die Umstehenden wagten kaum zu atmen angesichts des seltenen Schauspiels. Außerdem empfanden sie trotz aller Abneigung gegenüber dem herrischen Bauern ein Gefühl der Scham, mit ansehen zu müssen, wie der Alte hier vor aller Augen gedemütigt wurde.

Bevor er endgültig zu Boden ging, hatte der Joseph jedoch ein Einsehen, schleppte den Stromminger zu einer Bank und setzte ihn darauf nieder. Dann zog er ruhig ein Tuch aus der Tasche und wischte dem Unterlegenen den Schweiß von der Stirn: »Siehst, Höchstbauer, ich hab dich bezwungen, ich hätt dich auch zu Boden werfen können, aber da sei Gott davor, dass ich einem alten Mann die Schand antät! Und jetzt wollen wir die Geschichte vergessen – nix für ungut, Stromminger.«

Er streckte ihm freundlich lachend seine Hand hin, aber der andere schlug sie mit einem bitterbösen Blick zurück: »Der Teufel soll dich holen, du Schandbub«, schrie er. »Und euch alle dazu, die ihr eure Freud gehabt habt, wie der Stromminger zum Gespött gemacht wurde. Das sollt ihr mir alle büßen – ihr werdet's noch erleben. Nix mehr mit Geschäften, nix mehr mit dem Stunden von Geld, und wenn halb Sölden verhungern müsst.« Er ging zu dem Baum, auf dem die Wally wie in einem Fiebertraum hockte, und zerrte sie am Kleid: »Komm runter, du! Es wird nimmer hier Mittag gemacht. Von mir wird kein Mensch aus Sölden mehr auch nur die kleinste Münze sehen.«

Wally, die unbeteiligte Zeugin des Streites, stand da wie gebannt, die Augen fast bittend auf den Joseph gerichtet. Sie hoffte inständig, er würde es spüren, wie leid es ihr tat, fortzumüssen, wünschte sich wider alle Vernunft, er möge ihre Hand ergreifen und sie bitten, nicht zu gehen – zu sagen, dass sie bleiben solle, weil sie zu ihm gehöre und er zu ihr. Aber sie wusste, dass dies nicht geschehen würde – jetzt schon gar nicht, nachdem der Joseph sich den Vater zum Feind gemacht hatte.

Wo stand denn sie eigentlich, fragte sie sich traurig. Und würde sie jemals einen Menschen finden, zu dem sie wirklich gehörte?

»Na, wird's bald?« Der Stromminger stieß seine Tochter unsanft an und riss das Mädchen aus seinen Träumen. Wohl oder übel musste sie folgen, auch wenn ihr das Herz blutete und sie ein ohnmächtiger Zorn gegen den Vater erfüllte, der sie wie ein Kalb vor sich her trieb. Irgendwann, schwor sie sich, irgendwann würde sie sich nicht mehr ducken.

Sie waren ein paar Schritte gegangen, als sie mit einem Mal die Stimme vom Joseph hinter sich vernahmen. »Höchstbauer, hör auf, so grantig zu sein! Du kannst doch net mit dem Dirndl ohne zu essen den weiten Weg zur Sonnenplatte laufen.«

Sein Atem streifte die Wally, so dicht stand er neben ihr, und seine Augen ruhten unverkennbar auf ihrem Gesicht. Sie wusste nicht, wie ihr geschah, denn plötzlich spürte sie seine Hand auf ihrer Schulter, mitleidsvoll und irgendwie tröstend. Er war so gut, so lieb, und ein übermächtiges Gefühl, das sie nicht näher beschreiben konnte, ergriff von ihr Besitz. Wie etwas ganz und gar Elementares erschien es ihr, mit normalen Sinnen nicht zu fassen. Eine Urgewalt, der sie ausgeliefert war wie damals den Schwingen und Krallen des Geiers, als der auf sie niederstieß. Doch damals war sie furchtlos gewesen, jetzt aber zitterte sie am ganzen Leib. Das Mädchen verstand nicht, was da gerade Neues in ihr Leben trat.

»Weg mit dir!«, schrie der Höchstbauer unversöhnlich. »Ich zerschlag dir dein Gesicht, wennst mich net in Ruh lässt.«

»Alter Narr«, sagte der Joseph gelassen, drehte sich um, ging zu den anderen zurück und entschwand schließlich Wallys Blicken genau wie der Kirchplatz mit den vielen festtäglich gestimmten Menschen, die nun ohne sie feiern würden. Sie konnte und wollte es immer noch nicht glauben, dass sie wirklich fort sollte und den Joseph vielleicht nie mehr wiedersehen durfte. Und plötzlich überfiel sie die Furcht, soeben ein großes Glück, das ihr vielleicht gewinkt hätte, verloren zu haben, bevor es überhaupt beginnen konnte. Verzweifelt und Hilfe suchend schaute das Mädchen sich um, doch da war niemand, der es in seiner Herzensnot getröstet und ihm die Hoffnung wiedergegeben hätte, dass alles, alles sich noch zum Guten wenden könnte.

Tot und starr und bedrohlich schienen heute die Felsen auf sie herunterzublicken, und auch die Gletscher, deren strahlendes Weiß sie sonst so sehr liebte, wirkten abweisend. Was kümmerte die majestätischen Berge, die Welten kommen und vergehen sahen, schon das Herz eines armen kleinen Mädchens?

Noch weniger scherte sich der Vater drum, der stumm und starr neben ihr schritt, als wäre er selbst aus Stein. Er, nur er war an allem schuld, dachte sie mit wachsender Verbitterung. Warum bloß war er so hart, so gefühllos und grausam? Gab es denn nichts, was sein Herz erweichen konnte? Wieder, wie so oft in letzter Zeit, dachte sie schmerzlich an die tote Mutter.

Dermaßen in trübe Gedanken versunken, stieg sie automatisch immer weiter bergan, dem Vater folgend, während die Sonne heiß in der Mittagshitze stach, das Atmen erschwerte und die Zunge am Gaumen kleben ließ. Mit einem Mal war es zu viel für Wally, und sie sank zu Boden, brach in heftiges Schluchzen aus.

»Öha, was soll denn das?«, fragte der Stromminger aufs Höchste überrascht, hatte er doch seine Tochter seit Kindertagen nicht mehr weinen sehen. »Bist narrisch geworden?«

Das Mädchen schwieg, gab sich ganz dem wilden Ausbruch ihres Herzeleids hin.

»Jetzt red schon«, herrschte der Vater sie an. »Was soll das Getue bedeuten? Mach 's Maul endlich auf, oder ...!«

Bevor er die Drohworte aussprechen konnte, brach es aus ihr mit solcher Macht heraus, wie sich ein reißender Gebirgsbach seinen Weg durch die Felsen bahnt. Alles warf sie ihm an den Kopf, und ihr Zorn traf den Stromminger wie sprühende Gischt. Sie sagte, dass ihr der Joseph gefalle und sie ihn leiden möchte wie keinen anderen auf der Welt. Und dass sie sich so darauf gefreut hätte, mit ihm zu reden – und später auch zu tanzen. Denn bestimmt würde er, der selbst so stark sei, einem Mädchen wie ihr den Vorzug geben. Sicherlich habe der Joseph schon von ihren Kraft- und Mutproben gehört. Um das alles, schluchzte sie, sei sie nun gebracht worden, weil der Vater mit seiner maßlosen Wut, seiner Selbstgerechtigkeit alles verderben musste. Jetzt werde der Joseph sie seiner Lebtage nicht mehr anschauen. Aber so sei der Vater eben, hartherzig und böse gegen alle Leute, und sie müsse das nun büßen.

Bislang hatte der Stromminger dem Ausbruch mit erstauntem Schweigen zugehört, aber jetzt platzte ihm der Kragen, und er ließ seinen Stock auf die Tochter niedersausen. Schlimmer als der Schmerz war für Wally die Missachtung ihrer Gefühle, die von den Stockschlägen und den Drohgebärden zerschlagen wurden wie zarte Blumen im Hagel. Einen Moment lang war ihr so übel, dass sie sich nicht regen konnte, und große, kummervolle Tränen rannen unter ihren Lidern hervor.

Der Vater stand leise fluchend da und wartete wie ein Treiber neben einem erschöpften Stück Vieh, bis man endlich weiterziehen konnte. Er merkte, dass er zu seiner Tochter nicht durchdrang. Wenn Strafen, Schimpfen und Schläge nicht mehr wirkten, war er mit seiner Weisheit am Ende.

Ringsumher war alles still und einsam. Kein Vogelzwitschern, kein Rauschen in den Bäumen unterbrach das Schweigen, denn das schmale Felsband, das bergwärts zu ihrem Weiler führte, lud weder Pflanzen noch Tiere ein, sich hier anzusiedeln. Vor Jahrtausenden mochte hier ein tosender Kampf der Elemente stattgefunden haben, als dessen stumme Zeugen Felsen und Geröll zurückblieben. Riesentrümmer einer wilden Umwälzung, willkürlich hingeschleudert von Urgewalten und jetzt von einer düsteren Kirchhofsruhe umgeben. Und von oben schauten die Berggipfel herab, die dies alles schon gesehen hatten oder selbst ein Teil davon gewesen waren.

Nach einer Weile schlug Wally die Augen wieder auf. Keine Klage kam mehr über ihre Lippen, und ihre Tränen waren versiegt, doch sie schaute den Vater mit einem Blick an, als wäre er ein Fremder, den sie noch nie gesehen hatte, der keine Rolle in ihrem Leben spielte.

»Hast jetzt gespürt, wie's dir geht, wenn du noch einen einzigen Gedanken an den Schandbuben verschwendest, der deinen Vater zum Gespött der Leut gemacht hat?«, sagte er und packte sie am Arm. »Und damit du Bescheid weißt: Eher schmeiß ich dich vom Hof, als dass dich der Joseph kriegt!«

»Ist schon recht«, antwortete die Wally in einem Tonfall, der selbst den hartgesottenen Stromminger stutzen ließ, denn unbeugsamer Trotz schwang in ihrer Stimme mit, und gleichzeitig bedachte sie den Mann mit einem Blick unversöhnlichen Hasses.

Der Alte merkte, dass sich die Tochter irgendwie verändert hatte. »Du bist ein böses Ding«, presste er zwischen den Zähnen hervor.

»Von wem ich das wohl hab«, gab sie spöttisch zur Antwort.

Den Rest des Weges legten sie in feindlichem Schweigen zurück – ein Vater und seine Tochter, die sich nichts mehr zu sagen hatten.

Daheim angekommen, verschwand die Wally gleich in ihrer Kammer, um ihr Firmgewand abzulegen. Die alte Kathi, die mit der verstorbenen Mutter auf den Höchsthof gekommen war, steckte fragend den Kopf zur Tür herein. »Wally, hast geweint?«

»Warum?«, fragte das Mädchen ungewöhnlich schroff.

»Ich hab's in den Karten gesehen, die ich dir heut an deinem Firmtag gelegt hab. Du bist zwischen zwei Buben gefallen, das bedeutet Tränen!«

»So?« Scheinbar gleichgültig räumte das Mädchen den schönen Rock ihrer Mutter, den sie an ihrem Festtag getragen hatte, in die große Holztruhe zurück.

»Was ist mit dir, Kind?«, drängte die Kathi. »Du schaust schlecht aus und bist auch zu früh heimgekommen. Hast net getanzt?«

»Getanzt? Dass ich net lach.« Sie stieß einen freudlosen Laut aus, hart und gellend, als ob man mit einem Hammer auf eine Laute schlagen würde.

»Was ist passiert! Sag's mir – vielleicht kann ich dir helfen.«

»Nein, das kann niemand«, beschied Wally sie bestimmt und warf den Deckel ihrer Truhe zu, als wolle sie alles, was sie bekümmerte, darin begraben. Es war, als habe sie den Sargdeckel über all ihren jugendlichen Hoffnungen geschlossen. »Geh jetzt«, sagte sie in einem herrischen Ton, wie sie ihn sonst nie der alten Magd gegenüber an den Tag legte. »Geh, ich will mich ein bisserl ausruhen!«

»Jesus Maria«, schrie da die Kathi entsetzt auf, »dein neuer Rosenkranz ist ja ganz zerrissen. Wo hast denn die Korallen gelassen?«

»Verloren.«

»O Jesus, Jesus, so ein Unglück, nur das Kreuzerl hast noch und die leere Schnur – am Firmtag den Rosenkranz zerreißen und die Tränenkarte dazu! Allmächtiger Gott und Vater, was wird da noch geschehen.«

Vor sich hin lamentierend und halb von der Wally hinausgeschoben, verließ die Alte die Kammer. Das Mädchen schloss hinter ihr den Riegel, warf sich aufs Bett und starrte reglos zu dem Muttergottesbild auf und dem Kruzifix, das darüber an der Wand hing. Ob sie denen ihr Leid klagen sollte?

Nein, beschloss sie, denn wenn die Muttergottes es gut mit ihr meinen würde, hätte sie kaum zugelassen, dass ihr Firmtag ein solches Ende nahm. Außerdem – wie sollte die Heilige Jungfrau etwas von Liebesschmerz verstehen, wo sie doch nur die Sorge und den Kummer um den Sohn kannte. Nein, Maria war gewiss die falsche Adresse.

Und der Herr Jesus Christus! Der kümmerte sich vermutlich erst recht nicht um Liebesgeschichten – dem durfte man mit so etwas nicht kommen. Der wollte immer nur, dass man nach der ewigen Seligkeit strebte, wie der Pfarrer erzählte. Aber ihr junges, heiß klopfendes Herz sehnte sich mit jedem Pulsschlag nach etwas ganz anderem, etwas durchaus Irdischem – nach dem Burschen, in den sie sich heute auf den ersten Blick verliebt hatte. Da war es nur natürlich, dass man keinen Gedanken ans Himmelreich verschwenden mochte – das war so weit weg und so fremd und gab schon gar keine Antwort, wie sie mit dem Drängen ihrer Natur, die zum ersten Mal in ihrem Leben ihr Recht forderte, umgehen sollte. Trotzig betrachtete sie die heiligen Gestalten an der Wand, deren Leiden nicht die ihren waren und die lebensfern nur Unmögliches von ihr verlangten. Sie grollte ihnen, wie ein Kind den Eltern zürnt, die ihm ungerechterweise eine Freude versagen.

Lange lag sie so da, die Augen vorwurfsvoll auf die Maria und ihren Jesus geheftet, aber bald sah sie im Geiste nur noch Josephs freundliches und schönes Gesicht. Unwillkürlich tastete sie nach ihrer Schulter, wo sie die Berührung seiner Hand spüren hatte dürfen, und sie träumte sich in seine

Arme hinein, wo sie sich endlich geborgen fühlen konnte. Ach, was konnte das Himmelreich schon gegen solche Seligkeit ausrichten? Wie überwältigend musste es erst sein, das alles wirklich zu erleben!

Ein Klopfen am Fenster ließ sie aufschrecken. Draußen hockte der Geier, den sie vor zwei Jahren aus dem Nest genommen und aufgezogen hatte, der an ihr hing und ihr folgte wie ein Hund. Er lief frei herum, konnte wegen seiner gestutzten Flügel jedoch nicht wegfliegen. Jetzt schlüpfte er durch das kleine Fenster und schaute sie mit seinen gelben Augen zutraulich an. Sie kraulte ihm den Hals und spielte mit seinen starken Schwingen, was er sich ohne Sträuben gefallen ließ.

Draußen sank die Dämmerung herab, die Luft war kühler geworden, und die Sonne stand bereits tief hinter den Bergen. Auch in ihr wurde es langsam ruhiger, und Mut und Zuversicht kehrten zurück. Der Vogel hatte sie allein durch seinen Anblick getröstet – sie nahm ihn auf die Schulter und drückte ihn an sich. »Komm, Hansl«, sagte sie, »zumindest du gehörst zu mir.« Und tief drinnen hörte sie eine Stimme, die ihr versprach, dass auch der andere, nach dem sie sich sehnte, einmal der ihre würde.

3

Ein Jahr verging, und es gab keinen Abend, an dem Wally nicht mit dem Gedanken an den Joseph im Herzen eingeschlafen wäre, und keinen Morgen, an dem sie nicht sein Bild vor Augen gesehen hätte. Immer wieder spähte sie tagsüber hinunter ins Tal, wo sie ihn zu erblicken hoffte, doch niemals fand er den Weg hinauf zu ihr. Auch jetzt, da sie die Wiesen abmähte, schaute sie immer wieder sehnsuchtsvoll nach unten, weil sie damals, bei ihrer ersten und einzigen Begegnung, in seinem Blick ein Versprechen glaubte gelesen zu haben.

Jäh wurde sie aus ihren Träumen gerissenen durch die aufgeregte Stimme der alten Magd. »Wally, Wally! Du sollst zum Vater kommen, er will dir was sagen.« Das Mädchen schaute verwundert. Der Vater ließ sie rufen? Was konnte er wollen? Seit der Geschichte in Sölden, seit einem Jahr, hatte er nur noch das Notwendigste mit ihr geredet – das, was eben zum Tagwerk auf dem Hof gehörte. Zwischen Furcht und Widerwillen schwankend, erhob sie sich und folgte der Kathi. »Was will er denn?«, fragte sie.

Die Magd seufzte. »Große Neuigkeiten! Da, schau nur hinüber.«

Wally hob schützend die Hand vor die Augen und blinzelte in die Sonne. Vor dem Haus sah sie den Vater stehen und bei ihm ihren Nachbarn, den

Gellner-Vinzenz. Gleich wurde der Wally ganz unbehaglich zumute, denn sie kannte den stämmigen, finsteren Burschen schon seit ihrer Kindheit und hatte ihn noch nie leiden gemocht. Damit war sie nicht allein, denn der Vinzenz gönnte kaum jemandem ein freundliches Wort. Mit Ausnahme der Wally, die er schon während der Schulzeit mit seiner unerwiderten Zuneigung verfolgt hatte. Seit vor ein paar Monaten rasch hintereinander seine Eltern gestorben waren, war er Herr auf einem stattlichen Hof und nach dem Stromminger der reichste Bauer in der Gegend. Dem Mädchen stockte das Blut in den Adern, wusste es doch, was nun kommen würde.

»Der Vinzenz will dich heiraten«, eröffnete der Vater ihr gleich ohne jede Einleitung. »Er hat mein Wort – und nächsten Monat wird Hochzeit gehalten!« Damit drehte er sich um und ging ins Haus, als sei darüber weiter nichts zu reden.

Einen Augenblick lang schwieg Wally wie vom Donner gerührt. Sie musste sich erst sammeln, erst zur Besinnung kommen. Anders der Vinzenz, der wie selbstverständlich zu ihr herantrat und seinen Arm um sie schlingen wollte. Doch das Mädchen sprang mit einem Schrei des Schreckens zurück – und wusste mit einem Mal ganz klar, was sie zu tun hatte.

»Vinzenz«, sagte sie bebend vor Furcht, aber auch vor unterdrückter Wut. »Ich bitt dich, geh nach Haus. Du weißt, ich kann niemals deine Frau werden, niemals. Dazu müsste man sich schon mögen, aber ich mag dich net. Und du wirst wohl nicht glauben, dass ich mich zwingen lass vom Vater.«

In Vinzenz' Gesicht zuckte es angesichts der Zurückweisung. Er biss sich auf die Lippen, und seine schwarzen Augen hefteten sich mit verzehrender Begierde auf Wally. »So, du magst mich net?«, sagte er in einem verächtlichen, höhnischen Tonfall. »Aber ich mag dich, nur darum geht's. Und du kannst mir glauben, dass ich alles dransetze, dass ich dich krieg! Ich bekomme immer alles, was ich will. Und überdies hat's mir dein Vater in die Hand versprochen. Also gibt's kein Zurück mehr, auch nicht für dich. Das wirst dir schon merken müssen.«

»Vinzenz«, sagte die Wally entschieden und nahm all ihren Mut zusammen, »wennst gescheit wärst, hättest jetzt anders gesprochen. Eigentlich kennst mich gut genug und könntest wissen, dass ich mich nie und nimmer zwingen lass. Von keinem, nicht von dir und selbst von meinem Vater net. Und jetzt geh heim, Vinzenz, wir beide haben nix mehr miteinander zu reden.« Mit diesen Worten wandte sie sich ab und ging ins Haus, während der Vinzenz hinter ihr drohend die Faust schüttelte. In dem glühenden Verehrer begann sich erbitterte Feindschaft zu regen.

Drinnen saß der Höchstbauer über seine Rechnungen gebückt, als seine Tochter in die Stube trat. Schön sah sie aus, wie sie so von den durchs Fenster dringenden Sonnenstrahlen umhüllt wurde. Das musste selbst der Vater zugeben, der sich ansonsten nach Kräften bemühte, seinem einzigen Kind gegenüber keine Gefühlsregungen zu zeigen. Darum unterdrückte er auch gleich seinen Stolz und fragte gewohnt unwirsch: »Was willst du?«

»Vater«, begann sie ruhig, »ich wollt dir nur sagen, dass ich den Vinzenz nie und nimmer heiraten werd.«

»So?«, rief der Stromminger beinahe belustigt. »Auf was für Gedanken du kommst! Aber du wirst dich schon eines Besseren belehren lassen müssen.«

»Nein, Vater, ich mag ihn net!«

»Danach hat dich keiner gefragt«, entgegnete der Bauer jetzt hitzig. »Der Vinzenz und du, das passt. Die beiden größten Höfe in einer Hand – da kann uns in der ganzen Gegend niemand mehr das Wasser reichen. Nur das zählt und nicht, ob du ihn magst.«

Bevor Wally noch den Mund zu einem weiteren Protest aufmachen konnte, fügte er hinzu: »Schluss damit. In vier Wochen wird geheiratet – ich hab's dem Vinzenz versprochen, und sein Wort, das bricht ein Stromminger nicht.«

»Nein, Vater, da machst es dir zu einfach, nur an die Höfe zu denken. Ich bin deine Tochter und kein Stück Vieh, das du einfach verkaufen oder herschenken kannst. Ich hab das Recht, über mein Leben zu entscheiden, vor allem wenn's ums Heiraten geht.«

»Nein, das hast net, denn du bist in erster Linie die Erbin dieses Hofes, und das verpflichtet. Allein der Fortbestand unseres Besitzes, seine Sicherung und Mehrung sind wichtig – was tu ich da mit Zuneigung oder Liebe. Das kommt schon von ganz allein. Und weil ich weiß, was das Beste ist, drum tust, was ich dir sag. Das steht schon in der Bibel geschrieben, dass die Kinder folgen müssen.«

»Nein, in der Bibel steht nur, die Eltern zu ehren und zu lieben, aber nichts davon, einen Mann zu heiraten, der einem zuwider ist! Schau, Vater, wenn's um Leben oder Tod ginge oder um Bewahrung vor Elend und Not, dann würd ich's freilich tun, auch wenn mein Herz darüber bräche. Aber du bist gesund und stark, reich und unabhängig. Was brauchst da den Vinzenz? Dein Hof ist doch allein groß genug. Du willst bloß verhindern, dass ich vielleicht den Joseph nehm – nur weil du immer noch Rachegefühle gegen ihn hast, und die lässt jetzt an mir aus. Das, Vater, ist schlecht von dir, und es steht ganz gewiss net in der Bibel, dass sich ein Kind so etwas gefallen lassen muss!«

Für eine Weile verschlug es dem Stromminger angesichts solch unerwarteten Ungehorsams glatt die Sprache. Doch er fasste sich rasch und griff zu seiner letzten, seiner fürchterlichsten Drohung. »Und ich sag dir, du wirst tun, was ich will. Und wenn nicht, da hast kein Zuhause mehr, dann kannst gehen, wohin du magst – und enterbt wirst auch.« Und um das zu unterstreichen, schüttelte er seine Faust.

Böse Worte, die nicht mehr zurückgenommen wurden. So sehr hatten sich die Fronten verhärtet. Auch bei der Wally, die ebenfalls weder zurück wollte noch konnte, schließlich war sie aus ähnlichem Holz geschnitzt wie der Vater.

»Tu's ruhig«, schleuderte sie dem Vater entgegen. »Behalt deinen Hof und dein Geld. Ich bin stark und selbstständig genug, dass ich mir mein Brot selbst verdien. Und du kannst sehen, wo du bleibst mit deiner Härte, denn bald wirst niemanden mehr haben.«

»Dummes Geschwätz«, sagte der Stromminger, nun doch betroffen, auch wenn er die Beweggründe seiner Tochter nicht im Geringsten verstand oder gelten ließ. In seiner Welt hatte ein Kind zu gehorchen. Ohne Wenn und Aber. Was sollten denn die Leute von dem mächtigen Höchstbauern denken, wenn der nicht einmal seine eigene Tochter zur Räson bringen konnte.

»Du nimmst den Vinzenz, und wenn ich dich in die Kirche prügeln muss«, beharrte er auf seinem Plan.

»Versuch's doch! Wenn du mich zum Altar prügelst, sag ich halt dort Nein. Bevor ich den Vinzenz nehm, spring ich eher vom Felsen runter. Uns das ist mein letztes Wort.«

Auf der Stirn des Bauern schwoll eine dicke blaue Zornesader an. »Jetzt hörst auf!«, schrie er wie von Sinnen. »Mach mich net verrückt und gib endlich Ruh – sonst nimmt's zwischen uns wirklich ein böses Ende!«

Doch Wally ließ nicht locker, alles musste jetzt raus, was sie sich so lange nicht zu sagen getraut hatte. »Ein böses End? Das hat's schon vor einem Jahr zwischen uns genommen, Vater, an meinem

Firmtag. Kannst dich noch erinnern, wie du mich damals behandelt hast! Damals hab ich gespürt, dass alles aus ist zwischen uns. Und schau, Vater, seitdem ist's mir einerlei, ob du mir bös bist oder gut, ob du mir schöntust oder ob du mich schlägst. Es ist mir alles einerlei – ich spür keine Zuneigung mehr für dich, denn du hast kein Herz und bist so kalt wie die Gletscher oben auf den Bergen.«

Jetzt war der selbstgerechte Bauer in die Enge getrieben. Er erkannte, dass seine Tochter sich ihm nicht fügen würde – nicht seinen Drohungen, nicht seinen Versprechungen. Er sank in einen Sessel und saß eine Weile unbeweglich da, bevor er mit heiserer Stimme sagte: »Du willst dich nicht fügen. Na schön, dann musst die Konsequenzen tragen. Ich will mir nicht vorwerfen lassen, dich ohne alles aus dem Haus gejagt zu haben. Aber wennst mich schon mit einem Gletscher vergleichst, dann gehst halt aufs Hochjoch am Murzoll. Da gehörst hin! Da kannst so lange Vieh hüten, bist einsehen gelernt hast, dass dein Vater nix Unbilliges verlangt und dass es in Vinzenz' warmem Nest immer noch besser ist als dort oben in den Schneemulden. Schnür dein Bündel und geh, damit du mir aus den Augen kommst. Ich schick dir mit dem Hütebuben nächste Woche das Vieh und Proviant nach; nimm Brot und Käs mit, damit du bis dahin genug hast. Das ist mein letztes Wort, und bei dem bleibt's, außer du besinnst dich!«

»Nein, darauf kannst lang warten«, gab die Wally stolz zurück und verließ hoch erhobenen Hauptes die Stube.

4

Aufs Hochjoch sollte sie also. Auch wenn Wally dem Vater nicht die Genugtuung gegeben hatte, ihre Gefühle offen zu zeigen, so war sie doch erschrocken über diesen Ort ihrer Verbannung. Denn in den unwirtlichen Gefilden oben am Gletscher herrschte nicht das idyllische Leben, wie man es sich auf einer Alm vorstellt, wo die Luft mild ist, nach frischem Gras richt und der laue Wind das Geläut der Glocken aus dem Tal und das Jodeln und Lachen von den verstreut liegenden Hütten herbeiträgt. Dort oben war ewiger Winter, Todesruhe. Nur selten berührte die Sonne die eisigen Firne, einer Mutter vergleichbar, die traurig die Stirn ihres todkranken Kindes küsst. Spärliche Matten, die letzten Reste organischen Lebens, zogen sich verloren noch ein Stück in die winterliche Wildnis hinein, bis auch sie kapitulierten und alle Lebenskraft in ihnen erfroren war – ein langsames Absterben der Natur. Aber die Bauern nutzten selbst diese kargen Reste der Vegetation, schickten ihre genügsamen Geißen herauf, die unbeirrt zwischen Fels- und Eisspalten ihre Nahrung suchten.

Während weiter unten die Mailüfte wehten, die Knospen erblühten, die Vögel ihre Nester bauten und alles sich fröhlich regte, sollte Wally aus den Frühlingsgefilden hinauf in die Einöde des Gletschers ziehen – in die Verbannung, in die der Vater sie geschickt und die sie gleichermaßen selbst gewählt hatte. Es würde eine lange, einsame Zeit werden, denn die anderen Bauern hatten die Weiden verpachtet an Bewohner des Schnalstals jenseits der Berge, für die das Hochjoch besser zu erreichen war. Die schickten ein paar hartgesottene, halbwilde Gesellen herüber, die sich in Felle kleideten und in weit voneinander entfernten Hütten wie die Einsiedler hausten – sie würden, falls sie die Burschen überhaupt zu Gesicht bekam, die einzige Gesellschaft des Mädchens sein.

Aber über Wallys Lippen kam keine Klage, als sie am Morgen lange vor Sonnenaufgang, als alles noch schlief, das väterliche Haus verließ. Nur die alte Kathi, die alles aus den Karten zu wissen meinte, war in der Nacht nicht von der Seite ihres Schützlings gewichen, hatte beim Schnüren des Bündels geholfen und begleitete sie noch ein kleines Stück des Weges. Die treue Magd weinte, als gäbe sie einer Toten das Geleit, und schaute noch lange hinterher, nachdem der Augenblick des Abschieds gekommen war. Auch die Wally beschlich ein eigenartig banges Gefühl, ob sie diese Vertraute ihrer Kindheit wohl wiedersehen würde. Aber sie hatte diesen Weg gewählt und war bereit, ihn zu gehen.

Zur Begleitung hatte der Stromminger ihr einen alten Knecht mitgegeben, den Alois. Er war, außer der Kathi, seit Langem auf dem Höchsthof, hatte ausgehalten, weil er taub war und nicht hörte, wenn der Bauer schimpfte und tobte. Die beiden waren gerade eine steile Anhöhe heraufgestiegen, als Wally sich noch einmal umblickte, um einen letzten Blick auf ihr Zuhause zu werfen. Da sah sie, wie weiter unten die Kathi bedeutungsvoll den Arm gen Himmel reckte. Das Mädchen folgte dem Fingerzeig und entdeckte, wie etwas an der Bergwand entlang durch die Luft segelte – schwerfällig, unsicher wie ein Papierdrachen fast, dem der Wind fehlt, immer nur ein Stück weit fliegend, dann niederfallend, um sich erneut mühsam aufzurappeln. Die Wally wollte ihren Augen nicht trauen. Es war der Geier, der ihr mit seinen gestutzten Flügeln den ganzen Weg so mühselig nachgeflattert kam. Jetzt aber schien ihn die Kraft zum Fliegen zu verlassen, denn er bewegte sich nur noch, mit den Flügeln schlagend, am Boden weiter.

»Hansl, mein Hansl – wie hab ich dich vergessen können!«, rief das Mädchen schuldbewusst und sprang behände von Stein zu Stein auf dem kürzesten Weg zurück, um ihren treuen Gefährten zu holen. Endlich war er erreicht, und sie hob ihn hoch, drückte ihn wie ein Kind an ihr Herz. Seit jenem Abend, als ihr eine innere Stimme verheißen hatte, sie werde eines Tages auch den Mann bekommen, der zu ihr gehöre, betrachtete sie den Vogel, dem sie allen Kummer anvertraute, fast als einen Vermittler zwischen ihr und dem Joseph. Wie sich ein inbrünstiger Glaube sichtbare Symbole schafft, um sich dem unerreichbar Fernen zu nähern und das Unbegreifliche fassen zu können, schöpfte die Wally aus der Anwesenheit des

Vogels nicht nur Trost, sondern auch Hoffnung und Stärke. »Komm, Hansl«, sagte sie zärtlich, »du gehst mit mir aufs Hochjoch. Wir beide, wir trennen uns nimmer!«

»Aber Kind«, sagte die Kathi, die auf ihren Schützling gewartet hatte, »du kannst doch den Geier net mit nach oben nehmen, er muss ja verhungern, denn da droben gibt's kein Fleisch, und so ein Viech frisst ja nix anders.«

»Du hast recht«, sagte die Wally betrübt, »aber ich will mich net von ihm trennen. Außerdem hätt ich dann ein wenig Gesellschaft. Und wer sollte daheim auf ihn achten, ihn füttern. Der Vater tut das nie im Leben.«

»Deswegen kannst beruhigt sein«, antwortete die Kathi, »ich will schon für ihn sorgen!«

»Ja, aber dir folgt er net. Wie willst da mit ihm fertig werden?«

»Ach, ich bitt dich«, antwortete die Magd. »Ich hab sogar dich gehütet – da werd ich auch auf einen Geier aufpassen können! Gib ihn nur her, ich will ihn heimtragen.« Mit diesen Worten nahm sie den Hansl vom Arm des Mädchens. Aber sie hatte sich getäuscht, denn das Tier setzte sich zur Wehr und hackte so zornig nach der Kathi, dass diese ihn erschrocken losließ. An ein Zurückbringen war nicht mehr zu denken.

»Siehst!«, jubelte die Wally, »er will bei mir sein, ich muss ihn schon behalten, mag es gehen, wie's will.« Wieder liebkoste sie den Vogel. »Mein Hansl, solang mir zwei beisammen sind, kann uns nix passieren! Weißt was, Kathi, ich lass ihm jetzt die Flügel wachsen, er fliegt mir doch nimmer fort, und dann kann er sich dort oben sein Futter selber suchen.«

»In Gottes Namen, so nimm ihn mit. Ich schick dir dann mit dem Hütebuben noch frisches Fleisch und was Geselchtes 'nauf, das kannst ihm für den Anfang geben, bis er gescheit fliegen kann.«

Damit war die Sache entschieden. Wally nahm den Geier unter den Arm wie ein Huhn, verabschiedete sich ein zweites Mal von der Kathi, die aufs Neue zu weinen begann, und machte sich zügig wieder auf den Weg, um den alten Knecht bald einzuholen.

Nach zwei Stunden erreichten sie Vent, das letzte Dorf vor dem Eingang zur Eiswelt, wo der Weg aufs Hochjoch beginnt. Das Mädchen blieb noch einmal stehen und blickte wie Abschied nehmend zurück auf das stille Dorf, auf verstreute Gehöfte, auf grüne, saftige Wiesen und bewaldete Höhen. All das würde sie für lange Zeit nicht mehr sehen – ihr Reich war künftig die Welt der Eisriesen und Gletscher.

Und wie sie so dastand und hinabschaute, bevor sie hinaufstieg in die Wildnis über den Wolken, da ertönten unten vom Kirchturm die Glocken, die zur Frühmesse läuteten. Aus der Tür des kleinen Pfarrhauses, an dessen Fenstern Bergnelken sich im Morgenwind bewegten, trat der Pfarrer, schritt bedächtig und mit gefalteten Händen hinüber zur Kirche, um seines Amtes zu walten. Auch bei den anderen Häusern öffneten sich da und dort Türen, aus denen eine schlaftrunkene Gestalt nach der andern trat, sich streckte, um dann ebenfalls der Kirche zuzustreben.

Es schien Wally, als würden Engel das fromme Geläut mit dem Wind zu ihrem Aussichtsplatz hinauftragen, als Willkommens- wie als Abschiedsgruß. Und wie ein Kind die Mutter aufweckt mit seinem fröhlichen Geplapper, so schien das Geläut von Vent die Sonne herausgelockt zu haben, denn genau in diesem Moment krochen ihre ersten Strahlen über die Berge, um sich dann zu einem unermesslichen Flammenbündel zu vereinen, das den Himmel im Osten hell erleuchtete und das Grau der Dämmerung endgültig vertrieb – bis am Ende alle Gipfel ringsum in ihrer vollen Pracht erstrahlten und die Sonne sich nunmehr der Erde zuwandte. Dorthin, wo noch Nebel wallten, die sich von den Bergen in die Schluchten und Täler herabgesenkt hatten. Doch mehr und mehr gewannen auch hier Licht und Sonne die Oberhand.

Verzaubert schaute Wally in diese erwachende Welt, und ihr Auge vermochte es kaum zu fassen, diese Geburt eines jungen Tages – altvertraut und doch immer wieder neu. Der Geier auf ihrer Schulter schien ähnlich zu empfinden, denn sehnsüchtig breitete er seine mächtigen Schwingen aus, hielt sie wie grüßend der Sonne entgegen. Unten im Dorf wurde es immer lebendiger. Aus den Kaminen stieg weißer Rauch vom Herdfeuer, kräuselte sich, um dann spurlos in der lauen Frühlingsluft zu verschwinden. Ach, könnte sich doch auch manch trüber Gedanke so in Nichts auflösen, dachte sie bei diesem Anblick. Auf dem Platz vor der Kirche versammelten sich sonntäglich gekleidete Menschen. Es war Pfingsten, wo alles feierte und sich freute. Nur für das Mädchen da oben auf dem Berg gab es keine Pfingsten, keine Offenbarung der Liebe. Ihr war das Evangelium vom Vater als starres, strenges, unbarmherziges Wort gepredigt worden, als Mittel der Strafe und um ihren Willen zu brechen. Doch angesichts der heiteren Szene kamen Wally immer mehr Zweifel an den väterlichen Auslegungen. Sie gab sich einen Ruck, sandte noch einen letzten Blick zu der dörflichen Idylle und stieg dann entschlossen mit ihrem Begleiter den stillen Schneegefilden des Hochjochs zu.

5

Fünf Stunden waren sie gestiegen, über Wiesen mit duftenden Alpenkräutern zuerst, dann über fußtiefe Schneefelder und breite Moränen. Bleischwere Müdigkeit lastete auf Wally, denn sie hatte in der Nacht zuvor kaum geschlafen. Zudem ließ die Anstrengung des stundenlangen Steigens, das Kämpfen gegen den Berg, Hände und Füße zittern.

Endlich, als sie sich schon am Ende ihrer Kräfte wähnte, erreichten sie ihr Ziel. Ohne es zunächst jedoch zu sehen, denn wie von Zauberhand standen sie plötzlich vor einer Wolkenwand, die sich vor die Sonne geschoben hatte. Dichter Nebel umfing sie, und ein eisiger Hauch trocknete den Schweiß von der Stirn. Als Wallys Schuhe bei jedem Schritt auf spiegelglattem Boden zu rutschen begannen, wusste sie, dass sie den Gletscher betreten hatte, die höchste Erhebung des Hochjochkamms. Hier herrschte noch tiefster Winter, ringsherum erahnte sie bläulich schimmerndes Eis, und fröstelnd erschauderte sie. Nicht nur vor Kälte, sondern es überfiel sie auch ein unbehagliches Gefühl, wenn sie an die Sagen über das Reich Murzolls dachte, die im ganzen Tal mit heimlichem Grauen von Mund zu Mund gingen. Geschichten von dem finsteren Gletschergeist und seinen Gehilfinnen, den seligen Fräulein, die es besonders auf Gamsjäger abgesehen hatten. Schon als Kind war sie gebannt zu Füßen der alten Kathi gesessen, wenn die ihr an langen, dunklen Winterabenden beim Heulen des Schneesturms davon erzählte. Jetzt, angesichts der öden Eiswüste, drangen die Erinnerungen übermächtig auf sie ein.

Beinahe lautlos gingen sie weiter, bis ihr tauber Führer bei einer niederen steinernen Hütte mit weit überhängendem Dach Halt machte. Als das Mädchen durch eine der Fensterluken hineinschaute, sah sie eine einfache Feuerstelle und ein Lager aus verfaultem Stroh. Eine trostlose Behausung, doch sie ließ es sich nicht anmerken, falls sie Entsetzen empfand – solche Dinge vermochten sie nicht wirklich zu erschüttern. Aber erschöpft war sie, zum Umfallen müde, und so half sie dem Knecht nur noch mechanisch beim Auspacken, leistete ihm apathisch bei einem einfachen Essen Gesellschaft. Um den Rest würde sie sich morgen kümmern, schauen, wie ihre triste Hütte wohnlicher zu machen war.

Der Alois erkannte, dass sie am Ende war. »So, jetzt legst dich ein bissel nieder und schläfst, du hast's nötig. Ich will dir derweil Holz rauftragen für die nächsten Tage; dann muss ich aber wieder umkehren, damit ich noch bei Tage heimkomme, wie's der Bauer befohlen hat.« Zuvor aber schüttete er ihr Lager mit frischem, sauberem Laub auf, das er mitgebracht hatte, damit es wenigstens ein bisschen angenehmer für das Mädchen war. Wally sank mit halb geschlossenen Augen darauf nieder und reichte dem Knecht dankbar die Hand.

»Ich will dich net aufwecken«, sagte der Alte. »Wennst hernach noch schläfst, geh ich gleich. Drum sag ich dir jetzt Adieu. Bleib gesund und fürcht dich vor nix.« Der Alte schaute sie traurig an. »Ach, Dirndl, du tust mir so leid – hier oben ganz allein, aber warum hast nicht gefolgt, du kennst den Bauern doch.«

Das erschöpfte Mädchen hörte die letzten Worte nur noch wie von weither, denn es war bereits in den Schlaf gesunken. Träume umfingen sie bald. Keine guten, denn noch einmal durchlebte sie den Streit mit dem Vater, sah sich an den Haaren zum Traualtar geschleift. Hätte sie doch nur ein Messer, dachte sie, dann könnte sie die Haare abschneiden und sich auf diese Weise befreien. Dann, als würden ihre Wünsche erhört, sah sie plötzlich den Joseph neben sich, der mit einem Streich seines Messers die Zöpfe durchschnitt, sodass sie fortlaufen konnte – weg von dem Vater, der verwundert dastand und auf die geflochtenen Haare in seiner Hand blickte. Aber nur kurz dauerte seine Erstarrung – dann ging er auf den Joseph los, der erneut seine Pläne durchkreuzte. Wally, die den Kampf beobachtete, flüchtete angstvoll nach draußen, hinauf in die Berge zum Rand der Schlucht, in der weit unten die Ache floss. Und weil der Vater ihr schon wieder dicht auf den Fersen war, beschloss sie, sich hinabzustürzen – lieber sterben, als den Vinzenz zu heiraten.

Im Schlaf hob und senkte sich Wallys Brust jetzt heftig angesichts solcher Bilder, doch sie wachte nicht auf, sondern blieb in ihrem Albtraum gefangen. Und sie sprang – sprang hinunter in die Tiefe, und während sie glaubte, ins Unendliche zu fallen, merkte sie plötzlich, wie etwas ihren Sturz aufhielt, wie sich von unten ein Luftdruck gegen sie stemmte. Dann spürte sie, dass sie emporgetragen wurde und immer weiter hinaufschwebte bis in die Gletscherregion, in das Reich Murzolls. Sie versuchte Halt zu finden an den Felswänden und wieder Fuß zu fassen, doch vergeblich. Schwarze Gewitterwolken ballten sich um sie zusammen, durch die gespenstisch bleich ein schneebedeckter Berggipfel ragte. Blitze durchzuckten den dunklen Himmel, und wirbelnd wurde sie von der Gewalt der Elemente hin und her geschleudert, nicht anders als ein Schiff auf tosendem Meer. Voller Panik wollte sie um Hilfe schreien, doch sie brachte keinen Ton heraus. Entsetzen schnürte ihr den Hals zu, bis sie mit einem Mal wieder festen Grund unter sich fühlte.

Sicher bin ich in eine Bergschlucht gefallen, dachte sie in ihrem wirren Traum. Aber sie täuschte sich. Riesige Arme aus Felsgestein hielten sie umfangen, und aus den Wolken, die sich allmählich lichteten, beugte sich ein mächtiges steinernes Antlitz über sie: Murzoll, der greise Herrscher der Eiswelt. Seine Haare waren beschneite Fichten, seine Augen Eiskristalle, sein Bart bestand aus Moos, und die Brauen wurden gebildet aus Edelweiß. Auf seiner Stirn sah sie als Diadem die Mondsichel, die das weiße Gesicht in einen milden Schein tauchte und die Augen bläulich funkeln ließ. Der Gletschergeist schaute hinab auf das

Mädchen, mit einem kalten, durchsichtigen und doch unergründlichen Blick, der Wallys Albtraum nur noch verstärkte. Bis sich plötzlich die steinernen Lippen auf die ihren legten und um seinen Mund herum, der durch die Berührung mit einem Mal ganz warm wurde, Alpenrosen wuchsen, bis aus den eisigen Augen Gletscherbäche flossen und eine Ahnung von Frühlingserwachen die Eiswelt durchzog. Schließlich bewegte Murzoll seine Lippen, und als er zum Reden ansetzte, klang es wie das dumpfe Grollen ins Tal stürzender Lawinen: »Dein Vater hat dich verstoßen – ich nehme dich auf als meine Tochter, denn das kalte Gestein fühlt eher ein Rühren als ein verhärtetes Menschenherz. Du gefällst mir, du bist von meiner Art; es ist etwas von dem Stoff in dir, aus dem die Felsen entstanden sind. Willst du mein Kind sein?«

»Ja«, sagte Wally und schmiegte sich an das steinerne Herz des neuen Vaters.

»So bleib bei mir und kehr nicht wieder zurück zu den Menschen, denn bei ihnen herrschen Kampf und Unfrieden.«

»Aber der Joseph, den hab ich doch gern«, sagte das Mädchen darauf. »Soll ich denn den niemals bekommen?«

»Lass ab von ihm«, sagte der Gletschergeist, »du darfst ihn nicht lieben. Er ist ein Gamsjäger, und meine Töchter haben seinen Untergang beschlossen. Komm, ich bring dich zu ihnen, damit sie deine Gefühle abtöten und dein Herz versteinern, sonst kannst du hier oben nicht leben.« Und er trug sie durch weite Hallen und endlose Gänge von Eis in einen großen Saal, der ganz durchsichtig war wie aus Kristall und an dessen Wänden sich die hereinfallenden Sonnenstrahlen in Millionen Funken brachen.

Dort sah sie weiße, schneeglitzernde Mädchengestalten in wallenden Nebelschleiern mit einer Herde Gämsen spielen, und es war lustig anzusehen, wie sie ihren Spaß hatten an den flinken Tieren, mit ihnen hierhin und dorthin huschten. Das also waren die Töchter Murzolls, die »seligen Fräulein«, wie sie im Tal genannt wurden, weil ihnen jegliche menschliche Regung fremd war. Schön sahen sie aus, wie die Engel, mit Gesichtern aus Milch und Blut, doch als die Träumerin sie näher betrachtete, sah sie mit leisem Grauen, dass ihre Augen aus Eis bestanden und das Rot ihrer Lippen und Wangen sich nicht einer lebendigen Durchblutung verdankte, sondern nur dem Saft der Alpenrose. Diese feenhaften Wesen, sie waren kalt wie gefrorener Schnee und hatten ganz und gar nichts Menschliches. Das Mädchen erschauerte.

»Wollt ihr die hier behalten?«, fragte Murzoll. »Sie ist stark und fest wie Stein und könnte eure Schwester sein.«

»Sie ist schön«, sagten da die bleichen Mädchen, »sie hat Gämsenaugen, aber auch warmes Blut – und sie liebt einen Gamsjäger. Wir wissen Bescheid.«

»Dann legt ihr die Hände aufs Herz, damit es einfriert mit all ihrer Liebe und sie die Ewigkeit gewinnt«, befahl Vater Murzoll.

Schon eilten die Töchter herbei – Wally fühlte ihr Nahen wie einen kalten Lufthauch, spürte, wie eisige Hände nach ihrem Herzen griffen. Als sie erkannte, was mit ihr geschehen sollte, wehrte sie sich mit allen Kräften. Nein, so werden wie diese Wesen, das wollte sie dann doch nicht. Was nutzte ihr schon die ewige Seligkeit, wenn man nicht mehr fühlen, nicht mehr empfinden – nicht mehr lieben konnte. »Nein, nein, geht weg, lasst mich – ich will nicht, ich gehör nicht zu euch, nicht hierher. Mein Platz ist drunten auf der Erde, bei den Menschen, die wohl bisweilen hart und böse sein mögen, aber auch lieb und gut. Wie der Joseph, und er ist's, den ich will. Bei ihm mag ich sein, nicht bei euch seligen Fräulein.«

»Wenn du wieder unter die Menschen gehst, zerschmettern wir den Joseph und werfen dich mit ihm in den Abgrund«, drohten die Töchter, und ihre Augen schienen der Wally plötzlich noch kälter als zuvor. »Keiner, der uns gesehen hat, darf wieder zu den Menschen zurück.«

»Dann werft mich halt in den Abgrund, aber meine Liebe lass ich mir nicht aus dem Herzen reißen, nie und nimmer – und auch nicht meine Fähigkeit zu empfinden, zu fühlen.« Und mit der Kraft der Verzweiflung packte die Wally eine der Feen und rang mit ihr – bis mit einem Mal die zarte Gestalt unter dem festen Griff ihrer Hände zerbrach und nichts übrig blieb als rieselnder Schnee. Gleichzeitig erlosch alles Licht, graue Dämmerung hüllte sie ein. Sie sah sich auf nacktem Fels stehen, wo ein beißender Wind ihr Eisnadeln ins

Gesicht peitschte und statt der durchscheinenden Mädchen jetzt weiße Nebel in wildem Tanz um sie herumwirbelten. Hoch über ihr aber blickte das steinerne Gesicht Murzolls finster durch die Wolken: »Du lehnst dich auf wider Menschen und Götter – Himmel und Erde werden dir feindlich gesinnt sein. Weh dir!«

Voller Entsetzen wachte Wally endlich auf, erkannte mit Erleichterung, wo sie sich befand. Nach ihrem Albtraum schien ihr die schäbige Hütte, durch die kalt der Abendwind pfiff, wie ein Hort der Geborgenheit und der Wärme. Aber noch immer pochte ihr das Herz wild in der Brust, spürte sie ein unerklärliches Grauen, das schwer auf ihr lastete. Sicher, dieser verworrene Besuch im Reich des Gletschergeistes, das war ein Produkt ihrer überreizten Fantasie gewesen, aber nicht nur. Irgendwie, das erkannte sie, hatte das alles mit ihrem Leben zu tun – damit, wie sie es gestalten wollte. Sollten die Traumbilder eine Botschaft sein? Eine Prophezeiung oder gar eine Warnung? Sie verstand es nicht, doch wie sollte sie das auch mit ihren erst siebzehn Jahren – sie ahnte nur, dass es etwas Bedeutsames sein musste.

Wie selten zuvor sehnte sich das Mädchen nach der Gesellschaft der Menschen. Sie ging hinaus in den hellen, sonnigen Abend, um nach dem Knecht zu schauen, entdeckte einen frisch aufgeschichteten Stoß Fichtenholz, und da fiel ihr ein, dass der Alois sie nicht wecken wollte, sondern einfach gegangen war. So aufzuwachen und niemanden mehr vorzufinden, das schien ihr nach dem beängstigenden Traum mit einem Mal schrecklich. Es war so still um sie her, so öde und leer! Wehmütig dachte sie daran, dass daheim gerade Zeit fürs Melken war und die Tiere bereits nach ihr Ausschau hielten, auf Brot und Salz warteten, das sie ihnen zu bringen pflegte. Stattdessen hier oben Totenstille und Untätigkeit!

Bevor das Gefühl der Einsamkeit sie zu überwältigen drohte, stieg sie ein Stück weiter hinauf bis zu einem felsigen Vorsprung, von dem aus sie ihren Blick in die Ferne schweifen lassen konnte. Ein nie geschautes, unermessliches Bild bot sich ihren Augen im Purpurglanz der untergehenden Sonne. Da lagen sie offen vor ihr bis an den Saum des Horizonts gestreut, die stillen, majestätischen Berge ihrer Heimat. Wie überwältigend waren sie doch in ihrer Größe und Erhabenheit und wie klein und unwichtig dagegen wir Menschenkinder, dachte die Wally und fühlte sich ein wenig getröstet.

Sie wandte ihren Blick nach unten, auf die vertrauten, blühenden Hochtäler, die in friedlichem Abendschatten lagen, während die Sonne sich anschickte, hinter dem Horizont zu versinken, und im violetten Gewölk rotgoldene Spuren hinterließ. Schon entdeckte sie die bleiche Scheibe des Mondes, der bald am Himmel die Herrschaft antreten würde. Da und dort schimmerte von unten durch die tiefer werdende Dunkelheit ein Licht herauf, ein Gruß der Menschen im Tal. Wie gerne wäre sie jetzt unten bei ihnen gewesen, in einer gemütlichen Stube. Nein, rief sie sich zur

Ordnung, ein schönes Heim könnte ich haben, aber nicht den Mann, der dazugehört. Im Haus des Vaters hatte sie keine Geborgenheit gefunden, und zum Vinzenz gehen – ganz ausgeschlossen. Dann lieber frei und unabhängig auf einer kalten Hochalm.

Sie blieb noch eine Weile stehen, um das endgültige Herabsinken der Nacht zu beobachten. Nichts war mehr vom tröstlichen Schein der Sonne zu sehen, die Umrisse der Berge schienen sich im Zwielicht auf unheimliche Weise zu verschieben. Drohend schaute der gewaltige Similaun auf sie herab, und auch die anderen Eisriesen wirkten feindselig. Wieder kam ihr der Traum in den Sinn. Waren die Berge so abweisend, weil sie die Ruhe dieser ganz eigenen Welt gestört, weil sie Murzoll, ihren Herrscher, aufgeschreckt hatte? Erneut überfiel sie mit Macht ein Gefühl der Verlassenheit, aber mit einem Mal wusste sie: Obwohl sie lieber freiwillig in die Verbannung gegangen war, als sich zu beugen, so war ihr Platz doch nicht hier in dieser lebensfernen Eiswelt, sondern unten im Tal. In der Gemeinschaft der Menschen mit all ihren Schwächen – und bei Joseph. Daran wollte sie sich halten, darauf wollte sie hoffen und ganz fest daran glauben, eines Tages ihr Schicksal selbst wenden zu können.

6

Acht einsame Tage verbrachte die Wally mit ihrem Hansl auf der Hütte, bevor der Hütebub ihr die Tiere heraufbrachte, sodass sie künftig wenigstens eine Aufgabe hatte. »Der Bauer lässt fragen, ob du jetzt genug hast und tust, was er von dir verlangt«, richtete der Junge die väterliche Botschaft aus. Aber das Mädchen blieb unbeugsam: »Sag dem Vater, eher verhunger oder erfrier ich hier oben, als dass ich den Vinzenz zum Mann nehme. Und richt ihm bitt schön aus, was er für ein Vater ist, dass er seinem einzigen Kind so was antut.« Der Hütebub nickte, ließ ihr noch Proviant da und machte sich an den Abstieg. Das war für lange Zeit die einzige Botschaft, die zwischen Vater und Tochter ausgetauscht wurde.

Als Wally ihre kleine Herde um sich hatte, die nur aus Schafen und Ziegen bestand, weil größeres Vieh in dieser Höhe nicht genug Nahrung finden würde, kehrte endgültig ihr alter Mut zurück, und das Gefühl der Einsamkeit verschwand gänzlich. Sie hatte sich jetzt um ihre Schützlinge zu kümmern und allerlei Arbeiten zu verrichten, die ihren Tag ausfüllten und sie ablenkten. Ja, mit der Zeit gewöhnte sie sich nicht nur an das Leben in der Abgeschiedenheit des Hochjochs, es wurde ihr sogar lieb und vertraut. Fand sie doch in dieser überwältigenden Natur eine Entsprechung für ihre große Sehnsucht nach Freiheit und Selbstbestimmung. Niemand war da, der ihr Regeln auferlegte, niemand wies sie zurecht oder versuchte sie zu gängeln. Und hart und schroff wie die Felsen ringsum wurde auch sie.

Eine Gefahr für das unerfahrene Mädchen, denn bald fühlte es sich wie eine Herrscherin in ihrem eigenen Reich, wie eine Königin ohne Volk auf einsamem Thron. Oder wie ein Kind Murzolls, des steinernen Gletschergeistes. Was Wally nie gewollt hatte, geschah: Irgendwann verging der letzte Rest von Heimweh nach dem Tal und der Gesellschaft der Menschen. Sie fühlte sich so erhaben, dass sie glaubte, sich über all die Unzulänglichkeiten dort unten, die sie erlebt und erlitten hatte, erhaben fühlen zu dürfen. Wenn sie jetzt an ihren Traum dachte, dann nicht mehr mit Grauen, sondern mit wachsender Sympathie. War nicht in der Welt der Menschen wirklich nur Kampf und Qual? Herrschten nicht im Gegensatz dazu im Reich Murzolls, in der reinen Luft und in unberührtem Schnee und Eis, reiner Friede und Unschuld?

Mehr und mehr entfernte sie sich von den Menschen dort unten. Nur von einem nicht: dem Joseph. Groß und schön, stark und stolz stand er unverändert vor ihrem geistigen Auge – ein Mann nach ihrem Herzen, ein Mann, aus dem gleichen Holz geschnitzt wie sie. Ihr edler Ritter. Lebte er nicht wie sie mehr auf den Höhen als in den Niederungen, hatte er nicht die steilsten Gipfel erklommen, um Gämsen im Fels zu jagen oder einen gefährlichen Bären zu erlegen? Wenn ein Mann ihrer würdig war, dann der Joseph. Und umgekehrt war sie allein die passende Frau für ihn. Niemand sonst war ihm ebenbürtig. Sie gehörten zueinander, sie waren zwei Bergriesen – mit dem kleingeistigen Geschlecht in der Tiefe hatten sie nichts gemein. Immer mehr spann sie sich in solch gefährliche Gedanken ein, lebte nur für ihn und auf den Tag hin, wo sich diese Selbstverheißung erfüllen würde. Kommen musste dieser Tag, da war sich die Wally sicher.

So ging der Sommer vorüber, und der Winter kündigte sich an mit seinen Vorboten, heftigen Stürmen und ersten Schneefällen. Es wurde Zeit, das Hochjoch zu verlassen. Ihr bangte vor dem Gedanken, wie es sein würde, ins elterliche Haus zurückzukehren – mit dem grollenden Vater, dem verabscheuten Freier eingekeilt zu sein in enge Räume, gefangen hinter fußhohen Wällen von Schnee, aus denen oft wochenlang kein Entkommen möglich war. Je näher die Zeit rückte, desto schwerer wurde ihr ums Herz, desto verzweifelter lehnte sie sich gegen den Gedanken an diese Gefangenschaft auf.

Aber die Zeit verstrich, ohne dass jemand gekommen wäre, sie zu holen. Es schien, als habe man sie vergessen. Immer kälter und winterlicher wurde es, mit kurzen Tagen und länger werdenden Nächten. Schon fanden die Tiere kaum noch Nahrung, zwei Schafe kamen im Schneesturm um. »Sie lassen uns da heroben verhungern«, sagte Wally zu dem Geier, als sie das letzte Stück Käse mit ihm teilte. Aber was sollte sie tun? Allein hinabsteigen und die Herde im Stich lassen? Nein, das wollte sie auf keinen Fall, die unschuldigen Tiere konnten schließlich nichts dafür. Also hieß es auszuharren, eine andere Möglichkeit gab es nicht. Da sie den Weg nicht kannte, war es ihr unmöglich, die Herde sicher über den verschneiten Gletscher ins Tal zu bringen. Sie mochte sich gar nicht ausdenken, wie viele Tiere dabei in Spalten stürzen oder im Schnee versinken würden.

Da endlich – an einem düsteren Herbstmorgen, als man im Nebel die Hand vor den Augen nicht sehen konnte und die kleine Herde sich zitternd vor Frost in ihrem Pferch zusammendrängte –, da endlich erschien der Hütebub, um sie alle ins Tal zu holen. »Der Vater lässt dir sagen, du darfst nur ins Haus, wennst endlich Vernunft angenommen hast. Sonst musst bei der Kuhmagd im Stall bleiben. Das hat er sich geschworen, und da gäb's nix mehr zu reden, sagt er.« Das Mädchen verstand den Vater immer weniger. Der war zwar von jeher streng gewesen, aber so etwas …! Trotzdem ließ sie sich nichts anmerken, warf stolz den Kopf zurück und sagte: »Umso besser, denn ich mag ihn auch net sehen!« Und sie redete sich ein, dass es doch gar nicht so übel sei, ganz allein für sich in Scheune und Stall zu leben. Wenn der Vater meinte, er könne sie strafen – dem würde sie es schon zeigen.

Auf eines aber freute sie sich wirklich: auf das Wiedersehen mit der Kathi. Hier in der Einsamkeit hatte sie erst richtig erkannt, welche Stütze die treue Magd für sie gewesen war. Das konnte ihr niemand nehmen. »Komm, Hansl«, sagte sie, nachdem sie alles zusammengepackt hatte, zu ihrem Geier, der mit aufgeplusterten Federn verdrossen am Herd saß, »jetzt geht's hinunter zur Kathi!«

»Die ist nimmer im Haus«, warf der Junge ein.

»Was, wo ist sie denn dann?«, fragte die Wally erschrocken.

»Der Bauer hat sie fortgejagt.«

»Fortgejagt – die Kathi!«, schrie das Mädchen in tiefstem Entsetzen. »Was hat's denn da gegeben?«

»Sie hat sich halt net vertragen mit dem Gellner-Vinzenz, und der gilt jetzt alles beim Höchstbauern«, berichtete gleichgültig der Bub und nahm pfeifend die Kraxe mit Wallys Sachen auf den Rücken.

»Und wo ist sie jetzt?«

»Bei der alten Annemie in Winterstall.«

»Wann ist das alles passiert?«

»Ach, so vor zehn Wochen. Fast gar net laufen hat sie können, so ist ihr der Schrecken in die Knie gefahren. Der Alois hat sie halten müssen, sonst wär sie umgefallen. Das ganze Dorf hat zugeschaut, wie sie die Kathi weggeführt haben.«

Regungslos hörte Wally zu, das gebräunte Gesicht war fahl geworden, und ihr Atem ging heftig. Als der Bub seinen Bericht beendet hatte, riss sie den Hirtenstab von der Wand, setzte sich den Geier auf die Schulter und stapfte hinaus.

»Mach schneller«, herrschte sie mit rauer Stimme ihren Begleiter an, der noch die Tiere um sich sammelte. Während des ganzen Abstiegs sprach sie kein Wort – die Lippen zusammengepresst, eine drohende, an den Vater erinnernde Falte zwischen den dichten Brauen, ging sie mit weit ausgreifenden Schritten der Herde voran. Immer mehr beschleunigte sie ihren Schritt, je weiter sie ins Tal kamen, sodass der Bub mit den Tieren kaum folgen konnte. Wenn Hirt und Herde mal wieder im Nebel hinter ihr verschwunden waren, dann blieb sie stehen und wartete einen Augenblick, bis sie auftauchten und der Bub ihr die Richtung des Weges angab.

Endlich lag die Schneeregion hinter ihnen, und Wally sah weiter unten Vent, jenen Ort, an dem sie sich vor fünf Monaten im Glanz eines frühen Maimorgens von dem Leben im Tal verabschiedet hatte. Jetzt sahen das Dorf und die Landschaft herbstlich trüb aus. Der Hütebub erklärte ihr, sie müssten den Tieren hier eine Rast gönnen, doch das Mädchen hielt es nicht länger. Zu groß war die Ungewissheit, zu sehr brannte die Sorge, was mit der treuen Magd geschehen war. »Meinetwegen bleib mit den Tieren, aber ich geh schon voraus, aber nicht nach Hause. Wennst heimkommst, sag ihnen, ich bin zur Kathi gegangen. Falls überhaupt noch einer fragt.« Und schon war sie weg, begleitet nur von dem Geier, der um ihren Kopf herumflatterte, sich in die Lüfte schwang oder sich auf ihre Schulter hockte.

Bald war die Stelle erreicht, wo sie vor einem halben Jahr der Magd Lebewohl gesagt hatte. Wally sah das Bild noch ganz deutlich, als wäre es gestern gewesen – wie die Kathi sich weinend entfernte, wie sie sich noch einmal umdrehte, ihre braunen, knochigen Arme hob und ihr ein letztes Adieu zuwinkte, während ihre silbernen Locken, die unter dem Tuch herabhingen, im Frühlingswind wehten. Sie war in treuen Diensten für den Bauern grau geworden, sie hatte ihm den Haushalt geführt und sein Kind großgezogen. Und nun das – fortgejagt wie ehrloses Gesindel! Heiße Tränen begannen über Wallys Gesicht zu rinnen.

Sie beschleunigte ihren Schritt so sehr, dass sie bald stehen bleiben musste, um Atem zu schöpfen. Sie wischte sich den Schweiß von der Stirn und die Tränen aus den Augen, um dann gleich weiterzuhasten. »Wart nur, Kathi – wart nur, ich komm!«, murmelte sie immer wieder fast beschwörend vor sich hin, als wolle sie sich selbst beruhigen. Endlich tauchte der Kirchturm von Heiligkreuz auf – jetzt war es nicht mehr weit bis zu dem kleinen Weiler, wo sie ihre Vertraute anzutreffen hoffte. Nur noch der schmale Steg über die wild schäumende Ache, ein kurzes Wegstück steil aufwärts – und sie war bei der einsam gelegenen Häusergruppe, die ihr der Hütebub genannt hatte.

Endlich am Ziel, dachte sie, gleich würde sie ihre alte, treue Magd umarmen können. Sie kannte die Hütte, in der die Annemie, eine Verwandte der Kathi, lebte, und ging zielstrebig dorthin. Bestimmt saßen sie an den kleinen Fenstern und spannen, doch als sie hindurchschaute, konnte sie in der Stube niemanden entdecken. Öde und unwohnlich sah es drinnen aus: Abgezogene

Decken und Kissen lagen unordentlich auf einer Lagerstatt, darüber ein rauchgeschwärzter, hölzerner Christus am Kreuz, an dem ein Trauerflor sowie ein verstaubter Rosenkranz hingen. Es war ein unbehaglicher Anblick, und der Betrachterin verging schlagartig alle Wiedersehensfreude. Düstere Befürchtungen überfielen sie, und mit bangem Herzen drückte sie die Tür auf und trat in den engen Flur. Aus der kleinen Küche drangen der Qualm eines Reisigfeuers und das Scheppern von Töpfen und Tiegeln an ihr Ohr. Bestimmt die Kathi, redete das Mädchen sich gut zu und schöpfte neue Hoffnung. Doch sie wurde enttäuscht. Es war die Annemie, die am Herd stand und gerade eine Suppe kochte. Sonst war niemand zu sehen.

»Ach, mein Gott, die Stromminger-Wally!«, rief die alte Frau und ließ vor Staunen das Messer in die Schüssel fallen. »Mein Gott – wie schad, wie jammerschad!«

»Wo ist die Kathi?«, fragte die Wally.

»O mein Gott und Vater, wärst nur drei Tag' früher 'kommen – gestern haben wir sie begraben!«

Das Mädchen lehnte sich mit geschlossenen Augen stumm an den Türpfosten, kein Laut verriet, was in ihr vorging.

»Ach, das ist schad«, fuhr die Annemie redselig fort, »die Kathi hat immer gesagt, sie könnt net sterben, ohne dass sie dich noch einmal gesehen hätt. Sie hat's immer in den Karten gesehen, dass du kommst, und Tag und Nacht gehorcht. Und wie sie dann den Tod gespürt hat, da war sie ganz traurig. ›Jetzt muss ich doch sterben und hab das Kind nimmer gesehen‹, hat sie gesagt. Und dann hat sie ihre Karten verlangt und wollt sie ein letztes Mal für dich legen, aber es ist nimmer gegangen. Die Hände haben ihr zu sehr gezittert, und plötzlich sagt die Kathi: ›Ich seh nix mehr‹, streckt sich und tut ihren letzten Schnaufer.«

Wally schlug die Hände vors Gesicht, aber noch immer kam kein Wort über ihre Lippen. »Komm rein in die Stube«, sagte die Alte gutmütig. »Ich hab gar nimmer hinein mögen, seit sie die Kathi rausgetragen haben. Ich war immer so allein und froh, dass meine Base zu mir gekommen ist. Aber ich hab's bald gemerkt, dass sie die Schande, wie dein Vater sie verjagt hat, net lang überleben wird. Sie hat's alleweil mit dem Magen gehabt und fast gar nix mehr essen können, und die ganzen Nächte über hab ich sie weinen gehört. So ist sie halt immer schwächer und kränker geworden.«

Die Annemie humpelte durch den schmalen Flur zu der Stube, durch deren Fenster die Wally schon hineingeschaut hatte. Jetzt blickte sie sich in dem kleinen Raum um, der ihrer alten Magd einige Wochen als Zuhause gedient hatte. In der Ecke stand Kathis Spinnrad, das sich nie mehr drehen würde, und das leere, abgezogene Bett bewahrte die Erinnerung an ihren Tod. Ein paar herbstmatte Fliegen summten verstört auf.

Aus einem Wandkästchen, dessen Tür mit einem Bildnis der schwarzen Muttergottes von Altötting bemalt war, nahm die alte Frau ein abgegriffenes Kartenspiel. »Da, schau, das hab ich dir aufgehoben, ich hab ja gewusst, dass du kommst. Es ist immer in den Karten gestanden, hat mir die Kathi erzählt. Aber sie hat auch ganz erschrocken geschaut, wenn sie sie für dich gelegt hat, und dabei den Kopf geschüttelt. Nur gesagt hat sie nie was. Ich hoff für dich, dass es nix Schlimmes war, was sie da rausgelesen hat.« Wie zur Erinnerung an die Tote und ihre Kartenkünste schüttelte die Annemie den Kopf, bevor sie das Spiel ihrer jungen Besucherin gab. Ein bisschen wunderte sie sich doch, dass die Wally so gar keine Regungen erkennen ließ, keine Tränen oder andere Zeichen der Trauer. Am Ende hatten die Leute doch recht mit ihrer Behauptung, bei den Strommingers falle der Apfel nicht weit vom Stamm und die Tochter sei ebenso hartherzig wie der Vater. »Wenn das die Kathi gewusst hätt …«, murmelte sie leise vor sich hin, während sie das Zimmer verließ, um sich wieder ihrem Essen zuzuwenden.

Sie kannte die Wally schlecht, sah nur die äußere Schale, den Panzer, den sich das junge Mädchen als Selbstschutz zugelegt hatte – bis sie selbst manchmal glaubte, ihren Mitmenschen keine Gefühle mehr entgegenbringen zu können. Nicht aber bei der Kathi, die war eine Ausnahme gewesen – ihr sicherer und einziger Halt in einer ansonsten lieblosen Umgebung. Kaum war sie allein in dem Zimmer, da verriegelte sie die Tür, sank vor dem leeren Bett auf die Knie und ließ ihren Tränen freien Lauf. Weinte bitterlich über den Tod der treuen Magd und auch über ihr eigenes Leben, das jetzt noch ärmer geworden war. Niemand war mehr für sie da, niemand würde sie mehr trösten und in die Arme schließen. Wie überhaupt sollte sie es ohne die Kathi aushalten auf dem väterlichen Hof? Trostlos und schwer lag die Zukunft vor ihr.

Aber sie wäre nicht die unerschrockene Geierwally gewesen, als die man sie im ganzen Tal kannte, wenn sie nicht einen Ausweg gefunden hätte. Plötzlich sprang sie auf, wischte sich entschlossen die Tränen aus den Augen und ballte die Hände zu Fäusten: »Wartet nur, ihr da drüben, bis ich komm! Ich werd's euch lehren, dass man eine alte Magd, die man nicht mehr braucht, einfach aus dem Haus jagt. So wahr Gott lebt, Kathi, das versprech ich dir ins Grab, ich werd dafür sorgen, dass die Leut, die dir so viel Unrecht angetan haben, dafür zur Rechenschaft gezogen werden.« Ihr Auge fiel auf den Christus über dem Bett. »Und du lässt auch alles gehen, wie's geht, und hilfst einem nicht. Eine alte Frau war sie, die deiner Hilfe bedurft hätt, weil sie sich allein net hat helfen können.«

Je unbedingter ihr Entschluss wurde, die Sache selbst in die Hand zu nehmen, desto mehr steigerte sich in ihrem Schmerz der Ärger auf alle Himmelsmächte, denen sie schlichtweg Versagen vorwarf. Sie war furchtbar in ihrem Zorn, anmaßend und selbstgerecht, ganz ein Spross des Höchstbauern. Was ihr von Natur bereits in die Wiege gelegt worden war, das hatte sich während der halb erzwungenen, halb trotzig-freiwilligen Einsiedelei hoch oben auf dem Joch gefährlich verstärkt. Sehr zum Schaden für die Wally selbst, die im Begriff stand, jedes Augenmaß zu verlieren. Wer aber hätte sie zurückhalten, sie zur Besinnung rufen sollen? Da war niemand mehr – die Kathi tot und der Joseph, auf den sie alle Hoffnungen setzte, so unerreichbar fern.

Noch einmal im Stillen ihr Versprechen wiederholend, verließ sie das Sterbezimmer und ging zur Küche, um sich von der Annemie zu verabschieden. »Ich muss weiter«, sagte sie, »aber bevor ich geh, erzähl mir bitte genau, was zwischen der Kathi und dem Höchstbauern passiert ist, dass er sie fortgejagt hat.«

Die Alte, die sich gerade eine Suppe genommen hatte, stellte auch vor der Wally einen Teller hin und begann dann mit ihrem Bericht. »Weißt«, sagte sie, »der Vinzenz, der versteht's wirklich, dass er sich bei deinem Vater einschmeichelt und sich wichtig macht. Vor allem, weil der Stromminger seit dem Sommer einen offenen Fuß hat und nimmer recht laufen kann. Da war's ein Leichtes für den Burschen, sich unentbehrlich machen. Jetzt hockt er alle Abende bei ihm und vertreibt ihm die Zeit mit Kartenspielen. Es heißt, er lässt ihn immer gewinnen, weil er hofft, er kriegt am Ende doch noch den Hof und dich dazu. Jedenfalls hat er's geschafft, dass der Bauer ihm die ganze Aufsicht übertragen hat, sodass der Vinzenz halb glaubt, alles würd ihm schon gehören, und er wirtschaftet herum, wie's ihm in den Kram passt. Und dabei war ihm halt die Kathi im Weg. Die wollt alleweil, wie sie's gewohnt war, nach dem Rechten schauen, aber das hat der Vinzenz net geduldet, der wollt sich in nix dreinreden lassen. Dann hat er wieder gemeint, er kann die Kathi auf seine Seite ziehen, damit sie dich beeinflusst, du sollst ihn heiraten, aber das hat sie empört abgelehnt. Du würdest schon wissen, warum du ihn nicht magst, hat sie ihm ins Gesicht geschleudert. Ja, und da war der Vinzenz so beleidigt, dass er zum Bauern gegangen ist. Die Kathi wär schuld, dass du ihn net heiraten willst, und sie hätt dich zum Ungehorsam gegen den Vater angestiftet. So ist halt eins zum anderen gekommen, und es hat ihr das Herz gebrochen, dass man so was von ihr glaubt. Wo doch kein wahres Wort dran war, hat sie immer wieder gesagt. Das würde wehtun, wenn einem so ein himmelschreiendes Unrecht geschieht. Gell – sie hat nie zu dir gesagt, du sollst deinem Vater net folgen?«

»Niemals – sie hat nirgendwo reingeredet, wenn's sie nix angegangen ist«, sagte das junge Mädchen, und die brennenden Augen wurden aufs Neue feucht. Sie wandte das Gesicht ab und stand auf. »Behüt dich Gott und danke für die Suppe, Annemie, ich komm einmal wieder vorbei.« Sie erhob sich, nahm Wanderstab und Hut, rief nach dem Geier und machte sich mit entschlossenen Schritten und Zorn im Herzen auf den Heimweg.

7

Als Wally den Steg überquerte, der über die Ache führte, schwindelte ihr. War es die nach dem Aufenthalt in der Höhe ungewohnte Luft, die ihr das Atmen erschwerte, oder wirbelten die Gedanken so wild in ihrem Kopf herum? Sie merkte kaum, wie lang sie gegangen war, bis sie in ihrem heimischen Dorf ankam. Es schien, als habe man dort bereits auf sie gewartet, denn aus allen Fenstern reckten sich Köpfe. Doch es war kein freundlicher Empfang, den man ihr bereitete. Hämische und schadenfrohe Zurufe regneten auf die Heimkehrerin hinab. »Schaut her, die Geierwally! Hast endlich herunter dürfen? Und dein Geier ist auch wieder dabei, seid ihr net miteinander erfroren?« – »Dein Alter hat dich ja ganz schön zappeln lassen da droben.« – »Zeig, wie schaust aus? Braun und mager bist geworden wie einer der wilden Schnalser Hirten.« – »Gell, jetzt bist zahm geworden – ja, ja, so geht's, wenn man dem Vater net folgt!«

Kein Zweifel: Die Dörfler verspürten keinerlei Mitleid. Und hatten sie das Mädchen früher bisweilen bedauert wegen des allzu strengen Vaters, so galt jetzt das Mitgefühl dem Stromminger wegen des skandalösen Ungehorsams seiner Tochter. Wally spürte, wie wenig willkommen sie war, doch sie nahm es als weitere Bestätigung ihrer schlechten Meinung über die Menschen. Hatte sie es nicht immer gesagt? Die Kluft, die sie im Geiste zwischen sich und den anderen aufgerissen hatte, wuchs an diesem Tag ihrer Heimkehr noch ein Stückchen mehr.

Doch was hieß schon Heimkehr? Auf dem Höchsthof, das wusste Wally, würde sie ebenfalls auf Ablehnung stoßen. Da hatte sie erst recht nichts Gutes zu erwarten. Es sei denn, sie beugte sich dem Willen des Vaters. Schweigend stieg Wally die Anhöhe zu dem Anwesen hinauf. Der Einzige, der ihre Ankunft bemerkte, war der taube Alois, der gerade beim Holzschuppen Brennholz für den Wintervorrat spaltete. »Grüß dich Gott«, sagte er höflich und zog seine Kappe.

Sie setzte ihre Bürde, den schweren Hansl, auf dem Boden ab und reichte dem Alten die Hand.

»Aber gell – die Kathi«, sagte er. »Du weißt es schon?«

Wally nickte. Und Alois erzählte, ohne mit der Arbeit innezuhalten, was auf dem Hof passiert war. »Ja, ja«, sagte er schließlich, »wenn der Vinzenz einen Hass auf einen hat, dann ruht er net, bis er ihn losgeworden ist! Mich hätt er auch gern weg, weil ich zur Kathi gehalten hab, und er meint halt, wenn keiner mehr auf dem Hof wär, der zu dir hält, dann würdest deinen Trotz aufgeben. Weil er mir sonst nix anhängen kann, lässt er mich immer die schwerste Arbeit tun. Jetzt muss ich alle Tage einen Wagen voll Holz hacken. Ich kann schon bald nimmer. Weißt, ich bin sechsundsiebzig Jahr' alt, und heut ist der dritte Tag. Aber das bezweckt er ja grad, dass er zum Stromminger sagen kann, ich sei zu nix mehr zu brauchen, oder dass ich von selber geh. Aber wo soll ich noch hin in meinem Alter? Ich muss es irgendwie aushalten!«

Wally hatte mit düsterem Blick zugehört. Statt langer Worte lief sie rasch ins Haus, um für den alten Mann Brot und Wein zu holen. Doch die Vorratskammer war verschlossen, ebenso der Keller. Sie ging in die Küche, und das Herz tat ihr weh, denn hier war die eigentliche Heimat der Kathi gewesen. Sie meinte, die Alte müsse ihr entgegenkommen und fragen: »Wie ist's dir ergangen – was möchtest essen, was kann ich sonst für dich tun?« Aber das war vorbei, für immer und ewig. Eine fremde, unwirsch ausschauende Magd saß am Herd und schälte Kartoffeln. Vom Alois wusste Wally, dass das die Vroni war.

»Wo sind die Schlüssel?«, fragte sie.

»Was für Schlüssel?«

»Zur Speisekammer und zum Keller!«

Die Magd sah das Mädchen herausfordernd an: »Hallo, jetzt einmal langsam – wer bist denn du?«

»Das wirst dir wohl denken können«, sagte die Wally selbstbewusst und mit erhobenem Kopf, »ich bin die Tochter des Hauses.«

»Haha«, lachte die Vroni, »dann mach nur, dass du aus der Küche kommst. Der Stromminger hat's verboten, dich überhaupt ins Haus zu lassen. Hinüber in die Tenne gehörst, da hast jetzt deine Kammer, verstehst mich?«

Sie hatte es ja bereits gewusst aus den Berichten des Hütebuben. Aber sich von einer Dienstmagd so etwas sagen zu lassen, das ging eindeutig zu weit. In Wally regte sich das Blut der stolzen Erbhoftochter. Sie würde alle Pläne durchkreuzen und sich ganz bestimmt nicht auf diese Weise erniedrigen lassen. Nicht sie, die Geierwally, von der ihr Vater einst gesagt hatte, ein Mädel wie sie sei mehr wert als zehn Buben!

»Gib mir die Schlüssel!«, befahl sie mit herrischer Stimme.

»Haha, das wär ja noch schöner. Der Stromminger hat gesagt, wir sollen dich behandeln wie eine Futtermagd, und da kannst das mit den Schlüsseln vergessen. Ich hab die Aufsicht im Haus und geb nix her, was der Bauer nicht erlaubt.«

»Die Schlüssel«, schrie Wally in unbeherrschtem Zorn, »ich befehl dir das!«

»Du hast mir gar nix zu befehlen, weißt? Ich steh beim Stromminger im Dienst und net bei dir. Und in der Küche hab ich das Sagen. So will's der Bauer! Und wenn der sein eignes Kind schlechter hält als uns Mägde, so wird er schon wissen, warum.«

Wally reckte sich drohend, trat dicht vor die Vroni hin – ihre Augen blitzten, um ihren Mund zuckte es, auf der Stirn erschien drohend eine tiefe Falte. Als müsse sie einen Angriff abwehren, wich die andere zurück. Einen Augenblick lang kämpfte Wally mit der Versuchung, ihr Recht mit Gewalt durchzusetzen und die Herausgabe der Schlüssel zu erzwingen. Aber sollte sie sich wegen einer aufsässigen Magd ins Unrecht setzen, dachte sie, wieder ganz die stolze, unabhängige Erbin. Abrupt wandte sie sich ab und ging äußerlich gelassen hinaus, doch ihr Puls hämmerte. So viel war heute über sie hereingebrochen, zu viel selbst für ein Mädchen wie sie. Wie eine Nachtwandlerin überquerte sie den Hof, nahm dem alten Mann, der vor Anstrengung zitterte, das Beil aus der Hand und führte ihn zu einer Bank, damit er sich ausruhte. Der Alois wehrte sich nach Kräften, doch Wally erklärte rigoros, dass sie statt seiner Holz hacken werde.

»Vergelt's dir Gott, du hast ein gutes Herz«, sagte der Knecht und setzte sich müde hin. Wally aber, gerührt von diesen Worten, machte sich daran, mit wuchtigen Schlägen die schweren Scheite zu spalten. All ihren aufgestauten Zorn ließ sie an dem Hackklotz aus, verwundert beobachtet von dem Alois, der das Mädchen schon von Kind an kannte und neben der Kathi der Einzige war, der durch ihre oft abweisende Schale in ihr Herz schauen konnte und ahnte, wie es in ihr wirklich aussah.

Plötzlich hielt Wally inne, denn in der Ferne entdeckte sie die verhasste Gestalt des Gellner-Vinzenz, der sich dem Hof näherte. Und prompt auf den alten Knecht auf der Bank zuging, ihn brutal an seiner Joppe packte und hochriss. »Holla«, schrie er ihm ins Ohr, »nennst das arbeiten? Du fauler Trottel, du. Sooft ich komm, sitzt du nur rum und tust nix – jetzt hab ich genug! Dir werd ich Beine machen«, sagte er und gab ihm mit dem Knie einen solch heftigen Stoß, dass der zittrige alte Mann im hohen Bogen auf das Kopfsteinpflaster stürzte.

»Bauer, hilf mir auf«, bat der Knecht, aber der Vinzenz schnappte sich stattdessen einen Stock und holte aus. »Wart nur, gleich sollst sehen, wie man faulen Knechten aufhilft.« Doch in diesem Augenblick spürte Vinzenz einen Schlag auf den Kopf, der ihn laut aufschreien und zurücktaumeln ließ. »Jesus, was ist denn das?«, lallte er und sank auf die Bank.

»Das war ein Gruß von der Geierwally«, antwortete eine zornbebende Stimme, und schon stand sie vor ihm, das Beil wie eine Drohung in der Hand und mit vor Kampfeslust blitzenden Augen. »Hast du's begriffen?«, stieß sie hervor. »Hast es gespürt, wie's ist, wenn man einen Schlag versetzt kriegt? Ich will dich lehren, meinen alten, treuen Knecht zu schinden. Die Kathi hast mir schon unter die Erde gebracht, und jetzt willst mit dem armen Alois das Gleiche machen? Nein, eh ich ein weiteres Unrecht dulde, steck ich mein eigenes Erbgut in Brand und räucher dich aus wie einen Fuchs in seinem Bau.« Während sie sprach, hatte sie dem Knecht vom Boden aufgeholfen und wandte sich jetzt an ihn: »Geh ins Haus, Alois, und erhol dich, ich will's so.« Der Alte gehorchte zwar widerspruchslos, doch unter der Tür, wohin sie ihn begleitet hatte, sagte er ahnungsvoll: »Geh, Wally, das hättest net tun sollen. Wer weiß, was der Vinzenz jetzt macht, wo du ihn so gedemütigt hast.«

Sie ging zurück zu der Bank, auf der der Vinzenz regungslos lag – offensichtlich hatte er das Bewusstsein verloren, und ein dünner Blutfaden sickerte aus der Wunde, die sie ihm mit dem Stiel ihres Beiles zugefügt hatte. Rasch lief sie in die Küche und rief der Magd zu: »Komm raus, bring Essig und ein Tuch und hilf mir.«

»Hast schon wieder was zum Kommandieren?«, entgegnete die andere frech. Sie schien inzwischen wieder ganz obenauf zu sein und rührte sich nicht vom Fleck.

»Wirst dich wohl schicken«, sagte die Wally mit einem solch abgrundtief bösen Blick, dass der Vroni erneut das Blut in den Adern gefror. »Der Vinzenz liegt draußen – ich hab ihn geschlagen«, fügte sie mit einem unheimlichen Lächeln hinzu.

»Jesus Maria«, kreischte die Magd, und statt dem Vinzenz zu Hilfe zu eilen, rannte sie in Haus und Hof herum und schrie: »Zu Hilf, die Wally hat den Vinzenz erschlagen!« Ihr Kreischen war so laut, dass es bis hinunter zu den anderen Häusern des Dorfes drang, und bald strömten viele Neugierige herbei. Niemand wollte sich dieses Schauspiel entgehen lassen, das sich auf dem Höchsthof bot.

Währenddessen hatte Wally, unterstützt vom Alois, die Wunde des noch immer Bewusstlosen zu versorgen begonnen und kümmerte sich nicht um den Aufruhr. Bis ihr plötzlich eine Stimme ins Ohr dröhnte, bei der ihr der Atem stockte – ihr Vater näherte sich schleppend, gestützt auf seinen Krückstock. »Was hat's da gegeben?«, fragte er in barschem Ton, doch seine Tochter schwieg wie zum Trotz beharrlich.

Ein dumpfes Summen entstand um die Gruppe herum, alles drängte sich herbei, betastete und betrachtete den Leblosen. »Ist er tot?« – »Muss er sterben?« – »Wie ist denn das passiert?« – »Hat die Wally das getan?«

Sie stand da, als höre und sehe sie nichts, und legte dem Verwundeten ruhig einen Verband an.

»Kannst nimmer reden?«, donnerte jetzt ihr Vater. »Wally, was hast gemacht?«

»Siehst du ja«, gab sie knapp zur Antwort.

»Sie gibt's zu«, schrien alle wild durcheinander, »Jesus, so eine Frechheit!«

»Du missratenes Weibsbild, du«, schrie der Stromminger. »So benimmst dich gleich nach deiner Heimkehr ins Vaterhaus?«

Wally lachte laut auf bei dem Wort und schaute den Bauern mit einem durchbohrenden Blick an. »Vaterhaus! Das kannst ja wohl nicht ernst meinen«, sagte sie, und ihre Stimme klang triefend vor Spott und Hohn.

»Lach auch noch! Ich hab gehofft, du wirst dort oben zur Einsicht kommen, und jetzt das. Kaum eine Viertelstunde bist da und stellst schon wieder Unheil an.« Der Stromminger schüttelte voller Unverständnis den Kopf, bevor er sich den Leuten aus dem Dorf zuwandte: »Tragt den Vinzenz ins Haus und legt ihn auf mein Bett, da wird er bald zu sich kommen!«

»Wenn wir doch einen Doktor im Dorf hätten«, jammerten ein paar Frauen.

»Hätten wir noch die Kathi, dann bräuchten wir keinen Doktor, denn die hat für alles einen Rat gewusst«, sagte einer der Männer und schaute bedeutsam und mit leichtem Vorwurf zum Stromminger hin.

»Soll man sie halt holen«, befahl der. »Geht zu ihr und bringt sie gleich mit.«

Da brach seine Tochter in ein beinahe irres Gelächter aus. »Ja, die alte Kathi, gell, Stromminger, jetzt magst sie wiederhaben? Aber jetzt musst sie dir vom Gottesacker holen.«

Die Leute schauten sie betroffen an. »Ja, warum? Ist sie denn tot?«, fragte der Vater, den sie nicht mehr bei diesem Namen nennen mochte.

»Da fragst noch? Vor drei Tagen ist sie gestorben. Der Kummer hat sie umgebracht, den du ihr angetan hast. Siehst, Stromminger, das geschieht dir recht – und wenn der da drin stirbt, weil niemand da ist, der was vom Behandeln versteht, so geschieht's ihm ebenfalls recht, weil er sich auch an der Kathi versündigt hat.«

Niemand unter den Anwesenden ergriff die Partei des Mädchens. Im Gegenteil: Alle fielen jetzt erneut über die Wally her, die so ganz anders redete und handelte, als man es gewöhnt war. Bereuen müsse sie ihre Tat, anstatt sie zu rechtfertigen, hieß es. Kein Mensch sei ja seines Lebens mehr sicher mit einer wie der. Und der Stromminger stünde einfach dabei, ohne seine rebellische Tochter ein für alle Mal in die Schranken zu weisen. So ging es hin und her, während Wally mit verschränkten Armen unter der Küchentür stand und wenig beeindruckt das Gerede verfolgte. Hin und wieder blickte sie zum Vater hin, der zu ihrem Erstaunen von ihrem Vorwurf wegen der Kathi betroffen zu sein schien. Allerdings nur kurz, denn wie immer gewann seine

Selbstherrlichkeit die Oberhand. Wer waren diese Dörfler überhaupt, sich ein Urteil über ihn, den reichsten Bauern im Tal, anzumaßen. »Haltet eure Schandmäuler«, schrie er mit hallender Stimme über den Hof. »Von euch muss ich mir nix sagen lassen. Ich werd schon ganz allein wissen, wie ich mit meiner Tochter fertig werde. Da ist der Stromminger Manns genug. Und jetzt packt euch und verschwindet von meinem Hof.«

Und zur Wally gewandt sagte er: »Damit du Bescheid weißt, einsperren werd ich dich – solange bis du nachgibst und tust, was ich von dir verlang.«

»Heiliger Gott, hast denn du überhaupt kein Einsehen?«, entgegnete das Mädchen beinahe resigniert. »Willst denn nie einsehen, dass du mich nicht zwingen kannst. Eher will ich im Keller vermodern. Lass mich doch einfach meiner Wege gehen, wenn du anders net mit mir auskommen kannst, nicht nachgeben willst und mir meine Freiheit nicht zugestehst. Dann geh ich dir doch besser aus den Augen und such mir mein eigenes Leben.«

Das war endgültig zu viel für den Stromminger. »Aha, eine Landstreicherin möchtest wohl werden. Meine Tochter – und will herumvagabundieren. Nix da, jetzt kommst endgültig hinter Schloss und Riegel, bis du mich und den Vinzenz um Verzeihung bittest.«

Als Wally daraufhin in die Küche zurückwich, rief der Vater hinter den Dörflern her, die aus einiger Entfernung den Streit beobachteten: »Was steht ihr da? Wollt ihr nicht helfen? Soll ich ihr selber mit meinem lahmen Fuß nachspringen? Packt sie, aber fest, denn sonst entwischt sie euch. Burschen, wie ihr es seid, die steckt sie noch zehnmal in die Tasche.«

Angestachelt durch die höhnischen, kränkenden Worte des Bauern, drangen einige junge Männer jetzt in die Küche ein, in der sich Wally verbarrikadiert hatte. Die aber sprang mit einem Satz an den Herd und riss brennende Scheite aus dem Feuer: »Dem ersten, der mich anrührt, verseng ich Haut und Haar!«, schrie sie und stand da wie der Erzengel mit dem Flammenschwert.

Alle wichen zurück.

»Schämt euch«, trieb sie der Stromminger an. »Ihr alle miteinander werdet doch das eine Madel zwingen? Schlagt ihr die Scheite mit Stecken aus der Hand«, befahl er fiebernd vor Wut, denn jetzt war es Ehrensache für ihn, es dem ganzen Dorf zu beweisen. Einige liefen eilfertig, holten Stöcke und stürmten erneut in die Küche, wo das Mädchen sie, zum Äußersten entschlossen, bereits erwartete. Als die Angreifer nach dem brennenden Holz in ihrer Hand – ihrer einzigen Waffe – zu schlagen begannen, da schleuderte sie es in die Gruppe der Burschen hinein, riss immer neue aus dem Herd und warf sie wie feurige Geschosse den kopflos Fliehenden hinterher. Tumult breitete sich aus.

»Wasser«, schrie der Stromminger, »holt doch Wasser, löscht das Feuer, ihr Dummköpfe!«

Wally hörte die Rufe des Vaters. Panik überfiel sie. Bald, dachte sie, würden die Männer sie zu fassen bekommen und auf Geheiß des Vaters irgendwo einsperren. Da kam ihr eine Idee – eine furchtbare, verzweifelte Idee –, die sie in die Tat umsetzte, bevor sie noch lange darüber nachdachte. Ein brennendes Scheit in der Hand schwingend, stürzte sie pfeilschnell durch die Meute der aufgeregten Gaffer hinaus auf den Hof und schleuderte das Verderben bringende Geschoss mit einem gewaltigen Wurf auf den offenen Heuboden. Ein Schrei des Entsetzens ertönte.

»Jetzt habt ihr genug zu löschen«, rief sie den Burschen zu und war schon über den Hof und zum Tor hinaus, bevor sich die Zuschauer auch nur bewegt hatten. Bis diese sich endlich aus ihrer Erstarrung lösten und Wasser herbeischleppten, schlugen die Flammen schon lodernd aus dem Dachstuhl. Und mit der aufsteigenden Rauchsäule hob sich kreischend ein dunkler Schatten vom Dach und kreiste, wie aus den Flammen geboren, ein paarmal hoch in der Luft über dem brennenden Gebäude, bevor er in der Richtung davonflog, in die sich das Mädchen gewandt hatte.

Als sie Geräusche hinter sich vernahm, galt ihr erster Gedanke ihren Verfolgern, und wie gehetzt rannte sie weiter blindlings in die herabsinkende Dunkelheit hinein. Sie kletterte eine schroffe Felskante hinauf, von der aus sie den Weg, den sie genommen hatte, überblicken konnte, aber keine Menschenseele war zu sehen. Niemand verfolgte sie – nur einer war zu ihr gekommen, einer, der immer an ihrer Seite blieb, was auch geschehen mochte. Hansl, ihr Geier, landete in überschäumender Wiedersehensfreude so heftig auf ihrer Schulter, dass es sie um ein Haar vom Felsen gedrückt hätte. Erleichtert über die Ankunft ihres treuen Gefährten drückte sie das Tier an die Brust, bevor sie erschöpft zu Boden sank und mit verschwimmendem Blick in den Feuerschein schaute, der in der Ferne aufleuchtete und die dunklen Berggipfel ringsum bestrahlte.

Von allen Kirchtürmen der umliegenden Orte klang Sturmgeläut herüber, das Helfer zum Löschen der Feuersbrunst herbeirief. Nein, sie war ganz und gar nicht stolz auf ihre Tat, zu der sie sich in einer schier ausweglosen Situation hatte hinreißen lassen. Summten die Glocken nicht ganz deutlich: »Brandstifter, Brandstifter«? Wally grübelte und grübelte, bis das anklagende Lied sie schließlich in den Schlaf sang und sich ein Schleier des Vergessens über ihre gequälte Seele senkte.

8

Es war noch tiefe Nacht, als Wally erwachte. Verschwunden war der Feuerschein, verstummt das Geläut. Unten in der Schlucht donnerte eintönig die Ache, und über ihr leuchtete hoch am Himmel ein einzelner Stern. Sie blickte zu ihm hinauf, lange regungslos auf dem Rücken liegend, und glaubte, auch er würde zu ihr hinuntersehen, und in seinem Blick meinte sie Verzeihung zu lesen – eine wunderbare Tröstung. Sie richtete sich auf und begann ihre Gedanken zu sammeln.

Sie wusste, dass nichts eine Brandstiftung rechtfertigte, aber sie wusste zugleich, sie würde zugrunde gehen, wenn sie sich dem Vater beugte, den verhassten Vinzenz heiratete. Und sie würde es ebenfalls nicht aushalten, monatelang eingesperrt zu sein. Sie überdachte ihre Situation, ihr Leben und warum sie so geworden war. So freiheitsliebend und nach Unabhängigkeit strebend – und dabei manchmal so verletzend und überheblich. Sie prüfte sich bis auf den Grund ihrer Seele.

Da war zum einen das Erbe der Stromminger, wie der Vater früher stolz geprahlt hatte, und zum anderen die harte Erziehung, weil die Tochter mindestens so gut sein musste wie ein Sohn, der ihm versagt blieb. Aber da war auch die Zeit der Einsamkeit auf dem Hochjoch. Sie erkannte, dass es das Mädchen von früher nicht mehr gab.

Nachdem sie mutterseelenallein in unwirtlicher Höhe in einer armseligen Hütte gehaust hatte, den wilden Elementen ausgesetzt, Schnee und Hagel, Unwetter mit Blitz und Donner sowie tosende Stürme überstehen und im steilen, zerklüfteten Fels nach verirrten Tieren suchen musste, ohne je die Hilfe oder den Rat eines Erwachsenen erbitten zu können – nachdem das alles hinter ihr lag, fiel es ihr endgültig schwer, sich in die Welt der anderen einzufügen.

Tief in ihrem Inneren wusste Wally, dass sie selbst längst ihr Schicksal in die Hand genommen hatte und es nicht anders wollte, aber bisweilen litt sie doch darunter, ausgestoßen zu sein, und spürte zugleich, dass Gott von seiner himmlischen Höhe herab ein anderes Maß anlegte als die Menschen. Deshalb hoffte sie inständig, dass er ihr nicht nur verzeihen, sondern auch den richtigen Weg weisen und ihr helfen werde. Durch solches Gottvertrauen gestärkt, erhob sie sich, schüttelte die Last von der Seele und war wieder ganz die Alte: mutig und zuversichtlich, stark und frei.

»Jetzt, Hansl, was fangen wir an?«, fragte sie den Geier, mit dem sie in Ermangelung anderer Gefährten laut zu reden pflegte. Als sie sah, dass der Vogel gerade einen Wurm verschlang, fügte sie hinzu: »Du hast recht, für unser Brot müssen wir sorgen. Du hast's gut, du findest überall was, aber ich?« Plötzlich wurde der Hansl unruhig, flog auf, spähte in die Ferne, was seine Herrin daran erinnerte, dass es höchste Zeit war aufzubrechen, bevor man vielleicht nach ihr zu suchen begann, jetzt, nachdem das Feuer gelöscht war. Aber wohin? Ihr erster Gedanke war: Sölden! Gleich stieg ihr das Blut ins Gesicht. Könnte der Joseph da nicht denken, sie liefe ihm nach? Auch sollte er nichts davon wissen, dass sie in Schmach und Schande davongelaufen war, geächtet und verschrien als Brandstifterin? Dazu war sie zu stolz, für den Joseph wollte und musste sie etwas Besseres sein, wie sie es einst gewesen war, als reiche Hoferbin und furchtlose Geierwally. Nein, beschloss sie, so wie jetzt sollte er sie nicht sehen, er am allerwenigsten. Lieber laufen, so weit sie die Füße trugen! Und ohne sich weiter zu besinnen, nahm sie den Hansl auf die Schulter, ihr einziges Gut, und ging in die Richtung, aus der sie am Morgen gekommen war.

Zwei Stunden später, mit wunden Füßen und zu Tode erschöpft, sah sie endlich den Kirchturm des kleinen Ortes Heiligkreuz vor sich. Hierher war sie schon am Morgen auf ihrer Suche nach der Kathi gezogen. Jetzt erschien ihr dieser in den dunklen Himmel weisende Finger wie ein rettender Leuchtturm, denn durch die offene Glockenstube leuchtete der aufgehende Mond und zeigte der ziellosen Wanderin die Richtung. Taumelnd vor Müdigkeit schleppte sie sich durch das schlafende Dorf zur Kirche. Dann und wann schlug ein Hund an. Wer sie jetzt sah, musste sie für eine Diebin oder eine Landstreicherin halten. Sie zitterte, als wäre sie es wirklich. Was war nur aus ihr geworden?

Hinter der Kirche entdeckte sie das Pfarrhaus – neben der Tür stand eine hölzerne Bank, und vor den kleinen Fenstern standen verblühte Bergnelken in hölzernen Kästchen.

Hier wollte sie den Tag erwarten, bevor sie den Pfarrer um Schutz bat. Sie legte sich auf das harte Holz, setzte den Hansl auf die Lehne, und nach wenigen Augenblicken schon forderte die Natur ihr Recht, sie schlief ein.

»Herr meines Lebens, was für ein Findling wird mir denn da beschert«, drang es plötzlich an Wallys Ohren. Sobald sie die Augen aufschlug, merkte sie, dass es bereits heller Tag war und niemand anders als der Pfarrer höchstpersönlich vor ihr stand.

»Gelobt sei Jesus Christus«, stammelte sie verlegen und hob die Beine von der Bank herunter.

»In Ewigkeit, Amen! Mein Kind, wie kommst du hierher, wer bist du – und was ist das für ein seltsamer Begleiter, den du da bei dir hast? Man könnte sich fast fürchten!«, sagte der geistliche Herr freundlich lächelnd.

»Hochwürdiger Herr, ich hab was Schweres auf dem Gewissen und möcht gern beichten! Ich heiß Walburga und gehör zum Stromminger vom Höchsthof auf der Sonnenplatte. Ich bin von daheim fortgelaufen. Wissen Sie, es gab Streit mit dem Gellner-Vinzenz, und ich hab ihm ein Loch in den Kopf geschlagen, weil er unseren alten Knecht hat verprügeln wollen. Und später, da hab ich meinem Vater die Scheune angezündet …«

Der Priester schlug die Hände über dem Kopf zusammen: »Gott steh uns bei – was für Geschichten! So jung und schon so bös!«

»Hochwürden, ich bin sonst ganz gewiss net bös. Ich kann keiner Fliege was zuleide tun. Aber es ist so viel Schlimmes zuvor passiert, dass ich mich hab hinreißen lassen.« Sie schaute den Geistlichen mit ihren großen Augen so offen und ehrlich an, dass er ihr einfach glauben musste.

»Komm herein«, sagte er, »und erzähl mir die ganze Geschichte, aber das Ungetüm lass bitt schön draußen.« Wally lächelte scheu und warf den Geier in die Luft, damit er aufs Dach flog. Dann folgte sie dem Pfarrer ins Haus.

In der Stube, in die er sie führte, war es still und friedlich. In einer Ecke stand eine hölzerne Bettstelle mit zwei aufgemalten flammenden Herzen, Symbole für den Heiland und die Jungfrau Maria, wie der alte Herr ihr erklärte. Über dem Bett waren ein Weihwasserkesselchen aus Porzellan und ein Bord mit religiöser Literatur angebracht. Ansonsten gab es im Zimmer noch mehrere Regale mit anderen Büchern und ein altes Schreibpult, eine braune Holzbank hinter einem großen, schweren Tisch, einige Holzstühle, einen Betschemel unter einem großen Kruzifix mit einem Kranz aus Edelweiß und ein paar bunte Lithografien, die den Papst und verschiedene Heilige zeigten. Von der Decke herab hing ein Käfig, in dem ein kleiner Vogel zwitscherte. Eine uralte Kommode mit Löwenköpfen aus Messing, die Ringe zum Aufziehen der Schubladen im Maul hielten, bildete das Prachtstück des vollgestopften Raumes, zumal sich darauf allerhand schöne Dinge befanden. Ein Heiligenschrein mit einem geschnitzten

Heiligen, ein Glaskästchen mit einem wächsernen Christuskind, das in einer mit roter Seide ausgeschlagenen Wiege lag, ein gläsernes Spinnrad sowie ein vergilbter künstlicher Blumenstrauß in einer gelben Vase unter einer Glasglocke. Ferner ein Schächtelchen mit bunten Muscheln, ein winziges Bergwerk in einer Flasche und in der Mitte eine Krippe aus Moos mit fein geschnitzten Figürchen aus funkelndem Glimmerstein. Diese Kommode mit den verschiedenen kunstreichen Dingen war der Altar einer kindlichen Seele, die sich der einsame Priester über die Jahre in der Abgeschiedenheit seiner kleinen, bedeutungslosen Pfarrei hoch in den Bergen bewahrt hatte. Hier stand er vielleicht manchmal, wenn draußen der Schnee wirbelte und der Sturm an dem kleinen hölzernen Haus rüttelte, blickte wohl sinnend auf die niedliche Welt im Miniaturformat, die so weit weg war von allen Errungenschaften der Moderne und vom Glanz der großen Städte.

Was es nicht alles gab, dachte Wally voller Bewunderung, als ihr Blick im Vorbeigehen schüchtern über die zauberhaften kleinen Kunstwerke glitt. So reich ihr Vater sein mochte, schöne Dinge wie diese suchte man vergeblich in seinem Haus. Was hätte ein Bauer auch damit anfangen sollen? Ein Mann, dem ein Spinnrad bereits als Inbegriff von Zierlichkeit erschien. Das Mädchen wagte kaum, sich zu bewegen – aus Furcht, sie könnte etwas von diesen Kostbarkeiten zerbrechen. Vorsichtig setzte sie sich auf das äußerste Ende der Bank, ohne jedoch den Blick von der Kommode zu wenden. Der Geistliche, dessen Augen freundlich auf ihr ruhten, lächelte. »Du möchtest dir wohl erst meine Schätze ansehen?«, fragte er. »Tu es, mein Kind, über die anderen Sachen können wir später reden.« Und dann erklärte er ihr ganz genau, welche Bewandtnis es mit jedem einzelnen Stück hatte und wie es in seinen Besitz gelangt war.

Wally lauschte staunend und voll Ehrfurcht. Als sie bei der Krippe angekommen waren, sagte der Pfarrer: »Siehst du, das ist Jerusalem da hinten, und das sind die Heiligen Drei Könige, die zum Christuskind wallfahrten. Schau, das ist der Stern, der sie führt, und da – da liegt das Kindlein in der Krippe und ahnt noch nicht, dass es geboren wurde, um zu leiden für die Sünden der Welt.« Das Mädchen schaute das hübsche, nackte Kind mit seiner Goldpapierglorie an, wie es so geduldig dalag, und hörte die Worte des Geistlichen. Und als sie daran dachte, dass der finstere Christus am Kreuz einst das hilflose Jesuskind gewesen war, da bereute sie es, am Tag zuvor in Kathis Sterbezimmer so hart mit dem Gekreuzigten ins Gericht gegangen zu sein. »Aber warum hat er sich denn alles gefallen lassen?«, fragte sie unwillkürlich und mehr zu sich selbst.

»Weil er den Menschen zeigen wollte, dass man nicht Böses mit Bösem vergelten und sich nicht rächen soll, denn Gott hat gesagt: ›Mein ist die Rache!‹« Wally wurde rot und schlug die Augen nieder.

»Jetzt komm, mein Kind«, sagte der kluge Mann, »und leg deine Beichte ab!« Und ehrlich, wie sie stets gewesen, erzählte Wally ohne jede Beschönigung, wie sich alles zugetragen hatte, und bald erkannte der Beichtvater deutlich die Zusammenhänge. Ein umfassendes Lebensbild stand jetzt in groben Zügen vor seinen Augen, und er konnte nicht anders, als diesen jungen Menschen, der seine Hilfe suchte, von Herzen zu bedauern.

Lange blickte er sinnend vor sich hin, nachdem das Mädchen seine Beichte beendet hatte. »Herr Pfarrer«, sagte Wally, die seinen nachdenklichen Gesichtsausdruck als Vorwurf deutete, »es ist halt so viel zusammengekommen, und ich war so zornig wegen der armen Kathi. Und dann noch die Geschichte mit dem Alois. Ich hätt ums Leben net zuschauen können, wie der Vinzenz den alten Mann verprügelt. Und ich würd's auch genauso wieder tun. Und mit dem Feuer – ich weiß, das war falsch, aber ich hab mir halt nimmer zu helfen gewusst – und nur daran gedacht, dass niemand mir nachlaufen kann, wenn alle löschen müssen. Bestimmt wollt ich nix Schlechtes tun, aber es ist doch so gekommen. Aber was soll ich machen, wenn niemand mir meine Freiheit lässt, alle mich zu Dingen zwingen wollen, die mir zuwider sind. Das kann doch auch nicht recht sein, und der liebe Herrgott kann das bestimmt nicht wollen.«

Einen Augenblick schaute der Pfarrer sie weiter schweigend an, bevor er sie freundlich anlächelte. »Du bist schon ein recht unbändiges Kind. Aber schlimm ist, dass du wegen all deiner schlechten Erfahrungen jetzt überall und bei allen Menschen Feindschaft und Arglist witterst, dass du niemandem mehr traust und beinahe von jedem nur Schlechtes denkst. Das ist nicht richtig – und sehr gefährlich für dich, denn irgendwann wirst du sehr, sehr einsam in deinem Herzen sein. Lass dir von mir als einem Diener Gottes sagen, dass Gott die Liebe ist. Und das ist kein leeres Wort. Ich will dir zeigen, dass du darauf bauen kannst – dass Gott dich liebt, auch wenn die Leute dich hassen und verdammen. Aber warum mögen sie dich eigentlich nicht? Denk mal darüber nach. Du bist so geworden, weil lieblose Menschen und das Leben in einer rauen Umgebung dich so hart und abweisend gemacht haben, sodass niemand mehr erkennt, welch gutes Herz du in Wirklichkeit hast. Gott allein tut das. Und er weiß, dass in der Wildnis keine Gartenblumen wachsen und grobe Äxte kein feines Kunstwerk schnitzen. Doch nun pass auf! Findet unser Herr und Meister so eine grobe Schnitzarbeit und erkennt das gute Holz, aus dem sie gemacht ist, so legt er bisweilen nachträglich Hand an, um das verpfuschte Menschenwerk zu retten und ihm noch ein hübsches Aussehen zu geben. Hast du das Gleichnis verstanden, mein Kind? Es sagt dir, du sollst darauf achten, dass du dich nicht noch mehr verhärtest gegenüber den Menschen, sonst ist es zu spät. Gleich so, als würde der Herrgott das Holz am Ende zu hart finden, um es noch bearbeiten zu können. Da wirft er's lieber weg, weil es nicht die viele Mühe wert ist. Pass also auf, dass dein Herz weich ist und nachgibt unter Gottes schöpferischen Händen. Auch wenn du bisweilen glaubst, einen Druck oder Zwang nicht mehr ertragen zu können, denk einfach, dass du gerade die Hand Gottes spürst, die an dir arbeitet. Und schneidet ein Schmerz dir scharf in die Seele, so sag dir, dass es Gott ist, der irgendwelche Unebenheiten aus dir herausschneidet. Alles hat einen Plan und einen Sinn. Verstehst du mich?«

Wally nickte etwas unsicher mit dem Kopf.

»Nun«, sagte der alte Herr, »ich will's dir noch deutlicher erklären. Was möchtest du lieber sein, ein roher Stock, mit dem man jemanden totschlagen könnte und den man wegwirft, wenn er morsch und nutzlos geworden ist, oder so ein zierliches Heiligenfigürchen, das man in einen Bildstock stellt und verehrt?«

Jetzt hatte das Mädchen begriffen und nickte lebhaft: »Ja freilich, lieber möcht ich so eine schöne Figur sein.«

»Na, siehst du! Grobe Finger haben aus dir einen rohen Stock gezimmert, aber Gottes Hand kann dich umformen, wenn du befolgst, was ich dir eben gesagt habe, und dich nicht noch mehr verhärtest.«

Der Wally war mit einem Mal ganz eigen zumute, gleichzeitig erleichtert und doch zum Weinen. Nach langem Schweigen sagte sie endlich zaghaft: »Ach Hochwürden, hier bei Ihnen ist alles so anders. Wie Sie hat noch niemand mit mir geredet. Der Herr Pfarrer in Sölden schimpft immer nur und spricht vom Teufel und unseren Sünden. Ich hab nie verstanden, was er gewollt hat, denn damals hab ich gar nix Böses getan. Könnt ich net bei Ihnen bleiben, hier würd ich mich wohlfühlen! Ich will auch gewiss Tag und Nacht arbeiten, um mir mein Brot zu verdienen ...«

Der Pfarrer überlegte lange, bevor er traurig den Kopf schüttelte. »Das ist nicht möglich, mein liebes Kind. Sosehr ich auch hin und her überlege – es geht nicht. Schau, ich kann dich verstehen und dir im Namen Gottes vergeben. Aber was würde die Gemeinde sagen, wenn ich eine Brandstifterin bei mir wohnen ließe. Könnten die Leute es verstehen, warum ich das täte? Niemals, sie würden nur daraus schließen, dass ich Brandstifter in Schutz nehme. Das wär für sie lediglich ein Freibrief für eigene Missetaten. Und wenn dann Schlimmes passiert, müsste ich mir vorwerfen, ein schlechtes Beispiel gegeben zu haben. Kannst du das verstehen und es ohne Groll hinnehmen?«

»Ja«, flüsterte das Mädchen kaum hörbar, wobei ihm vor Enttäuschung Tränen in die Augen stiegen. Doch schnell fing es sich wieder, stand rasch auf und sagte beinahe schroff: »Dann dank ich schön, Hochwürden, und wünsch einen guten Morgen.«

»Langsam, langsam«, rief der Pfarrer, »hast du schon wieder vergessen, was ich dir geraten hab? Wie du mit den Menschen umgehen sollst? Jetzt verhärtest du dich auch schon gegen mich.«

Wally blieb beschämt stehen und blickte zu Boden. Der alte Herr ließ lächelnd seine Augen auf ihr ruhen: »Was wird das kosten, bis dein heißes Blut gebändigt ist! Läuft man denn gleich einfach so fort! Hab ich denn gesagt, ich will dich deinem Schicksal überlassen, weil ich dich nicht bei mir im Haus behalten kann? Zuerst frühstücken wir gemeinsam, denn essen muss der Mensch, und Gott weiß, wie lang du nichts mehr zu dir genommen hast. Und anschließend wollen wir weitersehen.«

Er ging zu einem Schiebefensterchen und rief seiner Wirtschafterin in der Küche zu, das Frühstück für drei zu richten. Danach setzte er sich an sein Schreibpult und notierte ein paar Namen von Bauern, die er als gute Menschen einschätzte und die vielleicht bereit waren, das heimatlose Mädchen aufzunehmen.

»Schau, da hast du ein ganzes Verzeichnis von rechtschaffenen Männern und Frauen im oberen Ötztal und droben in der Gurgler Gegend«, sagte er. »Bei denen such dir einen Platz. Hinten in den Bergen weiß man bestimmt noch nichts von dem Feuer, und bis man's erfährt, kannst dich längst als brave Magd bewährt haben, sodass die Leute ein Auge zudrücken. Bestimmt wirst du gern genommen, so groß und stark wie du bist. Dir sieht man's an, dass du arbeiten kannst wie ein Mann. Aber lass dir eines raten: Du musst auch lernen, etwas ohne Widerspruch hinzunehmen, dich nicht ständig aufzulehnen und dich den Gewohnheiten deiner Dienstherren anzupassen. Sonst geht's nicht! Ich verlang nicht von dir, dass du zu deinem Vater zurückkehrst und dich einsperren lässt, denn das wär unwürdig und bei deinem Temperament nutzlos obendrein. Ich verlang auch nicht, dass du den Vinzenz aus Gehorsam dem Vater gegenüber heiratest und dich für dein Leben unglücklich machst. Aber ich verlang von dir, dass du deine Unbeherrschtheit zu bändigen versuchst und wieder mit den Leuten auszukommen lernst. Versprichst du mir das?«

»Ich will's zumindest probieren«, entgegnete Wally mit entwaffnender Ehrlichkeit.

»Nun, das ist alles, was ich vorerst von dir erwarte, denn ich weiß wohl, dass du mit gutem Gewissen nicht mehr versprechen kannst. Aber gib dir wirklich Mühe und denk immer an das Beispiel vom harten Holz, das ich dir erzählt hab. Ich selbst werde heute noch zu deinem Vater gehen und ihm ins Gewissen reden, dass er dir die Sache mit dem Brand verzeiht und sich mit dir aussöhnt. Gib mir bald Nachricht, wo du untergekommen bist, damit ich dir schreiben kann, wie die Dinge bei dir daheim stehen.«

Als die Magd, die Marianne hieß, das Frühstück brachte, nahmen sie alle drei am Tisch Platz, und der Pfarrer sprach das Morgengebet. Auch Wally faltete andächtig die Hände und betete aus tiefster Seele zu Gott, er möge ihr doch helfen, ein guter Mensch zu werden. Es war ihr heiliger Ernst, denn sie wollte im Grunde ihres Herzens ja nicht mit allen in Zwietracht leben. Und dass sie dazu auch ihren Teil beitragen musste, das war ihr seit dem Gespräch mit dem Geistlichen klar geworden.

Kaum hatten sie mit dem Frühstück begonnen, erhob sich draußen ein Riesenlärm. »Ein Geier – schaut, da, auf dem Dach! Schnell, holt eure Gewehre und schießt ihn runter!« – »Jesus, mein

Hansl«, schrie Wally drinnen entsetzt, sprang auf und wollte zur Tür hinaus.

»Halt«, rief der Pfarrer, »was tust denn da – du kannst jetzt nicht einfach hinaus, wo jeden Augenblick die Leute deines Vaters vorbeikommen können, weil sie dich suchen.«

»Meinen Geier, den lass ich auf keinen Fall im Stich, da mag geschehen, was will«, antwortete sie schnell und war mit einem Sprung zur Tür hinaus.

Der Priester folgte ihr kopfschüttelnd.

»Der Geier ist zahm«, rief sie den Leuten zu, »er gehört mir. Lasst ihn in Ruh.«

»Aber so ein Viech darf doch net einfach so herumfliegen«, murrten die Umstehenden.

Trotz und Widerstand gewannen in Wally die Oberhand. »Hat er euch etwa ein Schaf gestohlen oder ein Kind?«, fragte sie herausfordernd.

»Nein!«

»Na also, dann gebt Ruh und schert euch nicht um mich und meinen Vogel.«

Während die Dörfler das Mädchen, das trotz seiner Jugend so selbstbewusst und provozierend daherredete, nur verwundert anstarrten, ging der alte Pfarrer zu seinem Schützling und sagte: »Wally, Wally, sei nicht so barsch, denk lieber an das harte Holz.«

»In denk schon dran, Hochwürden«, antwortete sie treuherzig und winkte dem Geier, der gleich darauf vom Dach herabschoss und durch sein bloßes Auftauchen die Menge endgültig vertrieb. »Hansl, komm weiter!« Sie nahm das Tier auf die Schulter und trat noch einmal zum Pfarrer hin. »Behüt Ihnen Gott«, sagte sie leise, »und ich dank Ihnen für alles!«

»Willst nicht noch hereinkommen und zu Ende frühstücken?«, fragte der alte Herr.

»Nein, ich mag den Hansl nimmer allein draußen lassen – und fort muss ich ja doch. Auf was soll ich also noch warten?«

»Dann sei Gott mit dir und alle Heiligen«, sagte der Pfarrer bekümmert, während die Marianne ihr Proviant in die Taschen ihres Rockes stopfte. Einen Augenblick zögerte Wally, doch dann wandte sie sich um und ging ihres Weges, vorbei an den Leuten, die ihr erstaunt nachgafften. Offenbar hatte man in diesem entlegenen Winkel des Tales noch nie von der Geierwally gehört.

»Wer war denn das gleich?«, wollten sie wissen.

»Bestimmt eine Hexe«, orakelte eine Frau abergläubisch.

»Nein, eine Fremde«, erklärte der Pfarrer, »der ich die Beichte abgenommen hab!«

9

Tag um Tag irrte Wally durch die Ortschaften der oberen Bergregionen, um einen Platz zu suchen, an dem sie bleiben konnte und wo man ihr Arbeit gab. Aber niemand wollte sie mit dem Geier aufnehmen, und sich von dem Hansl zu trennen, das kam für sie nicht infrage. Es hätte ohnehin nicht funktioniert, denn er würde ihr überallhin folgen und sie überall finden. Manchmal dachte sie, dass sie jetzt erst wirklich zur Geierwally geworden war, da sie und der Vogel eine unzertrennliche Gemeinschaft bildeten. Ihre Schicksale waren so eng miteinander verknüpft, wie es sonst nur zwischen zwei Menschen geschieht. Eine Person allerdings hatte es gegeben, die sie aufzunehmen bereit war – die Annemie, die bereits der alten Kathi Unterschlupf geboten hatte und das jetzt auch für deren einsamen Schützling tun wollte. Schweren Herzens verzichtete das Mädchen jedoch, denn die Gefahr, hier gesucht zu werden, schien ihr zu groß. Also zog sie weiter, von Weiler zu Weiler, von Haus zu Haus.

Aus Tagen wurden Wochen, und die kalte Jahreszeit stand bevor. Schneefall setzte ein, und in den Nächten, die sie meist in einem Heuschober verbrachte, fror sie bitterlich. Die Kleider, die sie auf dem Leibe trug, waren nicht nur fadenscheinig und zu dünn, sondern starrten mittlerweile vor

Schmutz, sodass Wally beinahe wie eine Landstreicherin aussah. Keine Bäuerin mochte sie mehr aufnehmen, nicht einmal für ein Essen ein paar Stunden lang arbeiten lassen. Mit ein bisschen Glück gab man ihr mitleidsvoll zumindest ein Stückchen Brot. Und sie, der es einst zumindest an Gut und Geld nicht gemangelt hatte, sie setzte sich auf die Schwelle und aß es.

Trotz allem schaffte sie es, den Lebensmut nicht zu verlieren und weiterhin an ihrem Glauben festzuhalten, dass auch für sie wieder bessere Tage kommen würden – und mit ihnen der Joseph, um dann für immer bei ihr zu bleiben. Um dieser Hoffnung willen konnte sie alles ertragen, Hunger, Kälte, Erniedrigung – und sich jeden Gedanken an eine Unterwerfung unter die Wünsche des Vaters versagen. Wally war stark, doch mit der Zeit begann ihr Körper die Strapazen und Entbehrungen zu spüren. Lähmend überfiel sie die Angst, krank zu werden. Bloß das nicht, denn wenn man sie in irgendeiner Scheune bewusstlos auffand, brachte man sie bestimmt zu ihrem Vater zurück, und dann war alles umsonst gewesen. Matt und ziellos streifte sie umher, kam irgendwie nach Vent, an das sie sich von ihrem ersten Aufstieg aufs Hochjoch gut erinnern konnte – an den schönen, friedlichen Maimorgen, das Läuten der Glocken, zufriedene Menschen. Aber auch hier wollte sie niemand, weil ihre Geschichte mittlerweile überall die Runde gemacht hatte – man schimpfte sie Branstifterin und begegnete ihr mit Furcht und Abscheu.

Soeben war sie im letzten Haus des Dorfes von der Schwelle gewiesen worden. Vor ihr lagen nur noch die himmelhohen Bergwände, die das Tal absperrten und über die kein Weg führte. Hier schloss sich die Welt von allen Seiten wie eine Sackgasse, und sie war an deren Ende angelangt. Da stand sie nun und schaute hinauf zu den steil aufragenden Felsen. Es war ein grauer Morgen, und dichter Schnee, der über Nacht gefallen war, ließ alle Konturen verschwimmen, keinen Weg und keinen Pfad mehr erkennen. Alles schien gleichmäßig weiß bis zum Horizont. Wie ein Leichentuch, dachte die verzweifelte Wanderin mit leichtem Schaudern.

Wohin sollte sie sich jetzt wenden? Sie schleppte sich eine Anhöhe hinauf, von der aus man die Gegend weithin überblicken konnte, und entdeckte eine Furche im Schnee, einen schmalen Pfad vielleicht. Wo der wohl hinführte, überlegte sie eine Weile, bis es ihr wie Schuppen von den Augen fiel. Das musste der Weg nach Rofen sein, einem der höchstgelegenen bewohnten Flecken in Tirol – dem letzten im Ötztal, wo die Welt wirklich zu Ende war. Sie war noch nie dort gewesen, aber sie wusste, dass an den steilen Hängen dort am Fuße des gewaltigen Gletschers und am Ufer des Eissees nur zwei Familien wohnten. Jahrelang verirrte sich sonst kein Mensch an diesen unwirtlichen Platz, der in alten Sagen mit einem Schleier des Geheimnis- und Unheilvollen umwoben wurde. Für jemanden wie die Wally genau der richtige Ort. Hier konnte sie auf Zuflucht und Hilfe hoffen – und auf Verständnis, denn die Menschen dort, als beste Bergführer der Gegend bekannt, waren in Fels und Eis daheim wie Berggeister. Sie würden am ehesten verstehen, dass sie zu falschen Mitteln gegriffen hatte, um sich die Freiheit nicht nehmen zu lassen.

Das Mädchen schöpfte neue Hoffnung. In Rofen würde man sie auch beschützen können, denn dort auf den Höfen galt ein verbrieftes Asylrecht – niemand würde sie dort wegholen können. Ein Tiroler Herzog, der sich vor langer Zeit vor seinen Feinden nach Rofen geflohen war, hatte es den Höfen verliehen, und auch wenn es später der Kaiser in Wien wieder rückgängig machte, so zweifelte im Ötztal doch niemand an der Gültigkeit dieses alten Rechtes. Wem auf Rofen Asyl gewährt wurde, der galt als unantastbar, denn die Familien, die Gstreins und die Klotz, nahmen keinen auf, der ihren Schutz nicht verdiente. Das wusste man. Ein Angriff auf ihr Hausrecht wäre einer Kirchenschändung gleichgekommen.

Wally hob die Arme zum Himmel in inbrünstigem Dank, dass Gott ihr diesen Weg gezeigt hatte, und stieg dann taumelnd und mit letzter Kraft diesem Ort der Hoffnung entgegen. Eine endlose Stunde auf schneeverwehtem Pfad musste sie gehen, bis endlich die einsamen Rofener Höfe vor ihr lagen, die sie oft vom Hochjoch herab klein wie Adlernester am Felsen hatte hängen sehen.

Ihr Herz schlug wild. Was, wenn sie auch hier abgewiesen würde? Schneegestöber wirbelte lautlos herab und hüllte alles in einen weißen, flimmernden Schleier. Kaum dass sie ihre Beine noch trugen, als die Wally das erste Haus erreichte und nach dem eisernen Klopfer griff. Doch bevor sie ihn betätigen konnte, verschwamm alles vor ihren Augen, ihre Knie gaben nach, und sie sank mit einem dumpfen Laut gegen die Tür, bevor sie ganz zu Boden stürzte. Bald bedeckten weiße Flocken den reglosen Körper und ließen ihn eins werden mit der Landschaft ringsum.

Drinnen saß Nikodemus Klotz auf der warmen Ofenbank, rauchte behaglich seine Pfeife und schaute dem Schneetreiben vor dem Fenster zu, während sein jüngster Bruder Leander, ein stattlicher Jäger, in einer Zeitung las.

»Das haut wieder ganz schön runter«, sagte der Ältere.

»Ja«, meinte der Jüngere, schaute nun ebenfalls nach draußen – und entdeckte mitten im weißen Wirbel mächtige dunkle Schwingen, die gegen das kleine Fenster schlugen. Dann hörte er, wie ein Vogel krächzend in Richtung Dach davonflog.

»Da war was«, sagte Leander und stand auf.

»Was wird's schon gewesen sein«, brummte Nikodemus, »willst etwa nach draußen bei dem Gestöber?«

Der Bruder machte eine abwehrende Kopfbewegung, nahm sein Gewehr und ging zur Tür. Als er sie vorsichtig öffnete, kam ihm gleich ein Haufen Schnee entgegen. Er griff nach einer Schaufel, die neben der Tür stand, um auch den Rest wegzuschaffen, als er entdeckte, dass darunter etwas lag. »Jesus, was ist das?!«, schrie er plötzlich auf,

»Nikodemus, komm schnell, da liegt was unterm Schnee, hilf mir.«

Der Bruder eilte herbei, und bald zogen sie unter der kalten weißen Decke einen leblosen Körper hervor. »O Gott, ein Madel – und was für eins«, flüsterte der jüngere Klotz, als er andächtig das hübsche, ausdrucksstarke Gesicht und die reizvolle Figur betrachtete.

»Wie mag die sich bloß hierher verirrt haben?« Nikodemus schüttelte verwundert den Kopf und hob den leblosen Körper aus dem Schnee.

»Ist sie tot?«, fragte Leander und tastete nach ihrem Puls, während seine Augen mit einer Mischung aus Schreck und Wohlgefallen auf dem bleichen Gesicht hafteten.

»Schnell abreiben«, befahl Nikodemus, »und hinein ins Zimmer!«

Gemeinsam trugen sie das bewusstlose Mädchen ins Haus und legten es auf ein Bett. »Die liegt bestimmt schon eine gute halbe Stunde da draußen, denn irgendwann hab ich einen dumpfen Schlag an der Tür gehört, aber ich hab mir nix dabei gedacht. Hätt ja bloß ein Schneeklumpen vom Dach sein können.«

Nikodemus machte sich daran, der Bewusstlosen die nassen Sachen auszuziehen, und als der Bruder ihm helfen wollte, wehrte er ab: »Nix da, das schickt sich net – so ein junger Bursch wie du. Das Dirndl müsst sich ja schämen, wenn sie's wüsst! Du gehst hinaus und schaust, dass du drüben bei den Gstreins eine Frau auftreibst, die Kathrin oder die Maria. Geh!« Doch der Leander konnte sein Auge nicht abwenden. »So ein schönes Madel«, murmelte er immer wieder, bevor er sich endlich zum Gehen schickte.

Mit ruhiger Umsicht entkleidete der Ältere jetzt das Mädchen weiter und rieb es mit Schnee so lange ab, bis sich die Haut wieder zu beleben und das Blut zu zirkulieren begann. Dann trocknete er es gut ab, deckte es sorgfältig zu und versuchte, ihm ein paar Tropfen einer starken Kräuteressenz einzuflößen. Endlich kam es zu sich, rührte und streckte sich und schaute sich kurz im Zimmer um. Doch der Blick war glasig und ausdruckslos, unfähig, ein Ziel zu fixieren.

»Sie ist krank«, sagte Nikodemus zu Leander, der eben mit einer derben Bauersfrau zurückkehrte – es war die verheiratete Schwester der Klotzbrüder. »Maria, da musst jetzt du dich kümmern. Ein so junges Mädchen und zwei Männer, das schickt sich net. Der Leander hat eh schon ganz verzückte Augen, wenn er sie nur sieht.« Mit einem unzufriedenen Blick bedachte er den Burschen, der gebannt am Kopfende des Bettes stand und auf das Gesicht der Kranken hinunterstarrte.

Die Maria trat jetzt ebenfalls an das Bett, um das Findelkind in Augenschein zu nehmen. »Wer mag die nur sein?«

»Ja, Gott weiß es! Irgendeine Landstreicherin vermutlich«, meinte Nikodemus.

»Unsinn«, brummte Leander, »das sieht doch jeder, dass die keine Landstreicherin ist.«

»Ja, ja«, bemerkte die Schwester, »weil sie hübsch ist und dir gefällt. Weißt, es hat schon manche ein schönes Gesicht gehabt und eine hässliche Seele – auf Schönheit kommt's net an. Welch ordentliches Madel streicht schon um die Jahreszeit da heroben mutterseelenallein im Schnee herum, bis sie zusammenbricht. Die Geschichte hat irgendeinen Haken, und Gott weiß, was man sich da für eine ins Haus holt.«

»Na ja, das ist jetzt einerlei«, meinte der ältere Klotz gutmütig, »in Schnee und Kälte können wir sie schließlich nicht hinausjagen, die kranke Person – egal, wer sie sein mag.«

»Meinetwegen«, sagte die Bäuerin, »ich kann schon rüberkommen und sie für euch pflegen, aber in mein Haus nehm ich sie net – damit ihr Bescheid wisst.«

»Das verlangt auch keiner, wir behalten sie schon selber« erwiderte Leander gereizt, und als das Mädchen plötzlich unverständliche Laute von sich gab, beugte er sich zärtlich über das Bett und fragte: »Was willst, was magst?«

Die älteren Geschwister wechselten bedeutungsvolle Blicke.

»Du«, sagte der Bruder, »jetzt will ich dir was sagen. Du lässt die Hände von dem Madel und hörst auf mit dem Getue. Wir wissen schließlich nicht einmal, wer sie ist. Und solange ich Herr im Haus und dein Vormund bin, hältst dich bitte an meine Anweisungen. Sonst zwingst mich noch, das arme Ding bald wieder vor die Tür zu setzen.« Mit diesen Worten schob er den Jüngeren zur Tür hinaus und blieb mit der Schwester allein bei der Kranken zurück.

Bald stellten sie fest, dass es das Mädchen übel erwischt hatte. Fieberheiß war die Wally, der Hals geschwollen, die Glieder noch immer steif von der Kälte. Sie taten, was im Rahmen ihrer Möglichkeiten lag – den Rest musste die Natur selbst erledigen. Währenddessen strich der von der Pflege ausgeschlossene Bruder ruhelos durchs Haus, trat schließlich, als der Schneefall aufgehört hatte, gelangweilt vor die Tür – und kehrte ganz aufgeregt zurück.

»Nikodemus«, rief er schon von Weitem dem Bruder zu, »auf dem Dach sitzt ein Geier, ein prachtvolles Tier, und schaut einen ganz ruhig und zutraulich an, als wenn er da hergehören tät.«

»Öha«, antwortete der Bruder, »das ist aber seltsam.«

»Komm nur raus und schau ihn dir an.« Schon zog er den Widerstrebenden vor das Haus und deutete zum Dach hinauf. »Ich hab schon versucht, ihn mit Schneebällen zu verjagen, aber er will einfach net fort.« Erneut warf er Schnee nach dem Tier, doch der Geier sträubte nur die Federn und kreischte. Als er sich schließlich ein Stückchen in die Luft erhob, flatterte er nur kurz herum, um sich gleich darauf wieder niederzulassen.

»Seltsam, wirklich seltsam«, meinte jetzt auch der Nikodemus. »Der will eindeutig hierbleiben, ich glaub fast, dass der zahm ist. Oder er ist verletzt und kann nimmer fliegen. Lassen wir ihn ruhig sitzen, bis er von allein runterkommt. Jedenfalls tut er niemandem etwas. Hauptsache, er verschreckt uns das kranke Mädchen net.«

»Ich mein fast, den könnt man mit der Hand fangen«, ergänzte Leander, holte die Leiter, legte sie ans Haus und stieg behutsam hinauf. Der Vogel ließ ihn ruhig näher kommen, doch als ihm der Mann ein Tuch über den Kopf werfen wollte, da schlug und hackte er, dass der mutige Fänger schleunigst den Rückzug antreten musste.

Nikodemus lachte: »Gell, der hat's dir gezeigt, wie man einen Geier mit der Hand fängt! Das hätt ich dir gleich sagen können.«

»Ich möcht gern wissen, was es mit diesem Vogel auf sich hat«, brummte Leander kopfschüttelnd, und beide Brüder schickten sich an, ins Haus zurückzukehren, um ihr Abendessen vorzubereiten, denn mittlerweile war es dunkel geworden. Auch mussten sie die Schwester ablösen, die zu ihrer eigenen Familie zurückwollte. Während der Bruder Brot und Käse holte, klinkte Leander ganz leise die Tür auf, die von der Wohnstube in Nikodemus' Schlafkammer führte, und schielte hindurch. Ganz ruhig schlafend lag die Wally jetzt im warmen Bett, wie hingegossen in die Kissen. Der heimliche Betrachter konnte nicht wissen, wie sehr der junge Zufallsgast solche Bequemlichkeiten schon hatte entbehren müssen, aber instinktiv empfand er Mitleid. »Behüt dich Gott, du armes Ding«, flüsterte er, bevor er schnell die Tür schloss, weil er den Bruder zurückkommen hörte, der ihm gleich erklärte, dass er die Nacht bei ihm im Zimmer verbringen werde. Für heute sei Benedikts Bett frei, doch morgen müsse man wo sich anders arrangieren.

»Oh, ich brauch kein Bett«, rief Leander eifrig. »Der da drinnen zuliebe schlaf ich auch auf der Ofenbank oder sogar im Heuschober.«

»Nun, wennst unbedingt willst«, antwortete spöttisch der große Bruder. »Im Heuschober kannst von mir aus schlafen – auf der Ofenbank net, denn die liegt mir zu nah an der Krankenstube. Verstehst mich?«

»Ja, ja, ist schon recht.« Leander biss in seinen Käse wie in einen sauren Apfel. Und zu seinem Leidwesen war er es auch nicht, der nachts nach dem Mädchen schaute – das tat der Ältere. Ein paarmal in der Nacht stand er auf und horchte an der Tür. Sie sprach und fantasierte viel, und einmal verstand Nikodemus ganz deutlich, wie sie von einem Geier redete.

Aha, dachte er, die hat bestimmt den großen Vogel gesehen und war so erschrocken, dass es sie bis in ihre Träume verfolgte.

Auch am nächsten Tag vermochte Wally noch nicht klar zu reden und Auskünfte zu geben. Alles klang wirr und zusammenhanglos. Sie rede immer von Leuten, die sie fangen wollten, berichtete der ältere dem jüngeren Klotz Und von einem Geier habe sie ebenfalls gesprochen.

Leander kratzte sich hinter den Ohren »Das ist wirklich zu komisch. Der Geier sitzt immer noch auf dem Dach. Aber heut Morgen, als ich weg bin, da war er fort. Also krank ist er nicht, denn er kann ganz gewiss fliegen.«

»Wenn man abergläubisch wär, dann könnt man Gott weiß was denken.« Bevor Nikodemus jedoch seine Überlegungen vertiefen konnte, hörten sie von der Tür her ein lautes »Grüß Gott«, und Benedikt, der zweitälteste Bruder, kehrte von einem kurzen Aufenthalt unten im Tal zurück.

»Ah, grüß dich Gott, da bist ja wieder«, riefen ihm die Brüder entgegen. »Was bringst Neues mit, was hast ausgerichtet?«

»Net viel, sie haben mich halt wieder von Pontius zu Pilatus geschickt auf dem Landgericht und mich mit halben Versprechungen abgespeist. Ich frag mich, wie viele Menschen und Viecher sich hier oben noch Hals und Beine brechen müssen, bevor wir einen Saumpfad kriegen.« Missmutig warf er den Rucksack ab und setzte sich auf die Ofenbank. »Gibt's bald was zu essen?«

»Gleich«, sagte Nikodemus, der sich um die Mahlzeiten kümmerte, und holte die Suppe herein.

Auch einen Becher mit Milch hatte er dabei, den er ins Zimmer der Kranken trug. Leanders Blicke folgten ihm neidisch, während Benedikt nur ans Essen dachte und von den Veränderungen im Haushalt nichts mitbekam. Auch war er redefaul und brauchte immer eine gesonderte Aufforderung.

Als er nach der Mahlzeit mit seiner Pfeife gemütlich auf der Ofenbank saß, drängte ihn auch gleich der jüngere Bruder, mehr von seinem Ausflug in die Welt zu berichten. »Was gibt's denn sonst Neues? Erzähl doch was – lass dich net immer so lang bitten.«

Benedikt hielt die Pfeife schief im Mund und gähnte: »Ich weiß sonst nix!« Er schwieg eine

Weile. »Ach ja, dem reichen Stromminger von der Sonnenplatte ist die Tochter durchgebrannt – ihr wisst schon, die, die man die Geierwally nennt. Die läuft jetzt irgendwo in der Gegend rum und bettelt.«

»Aha! Und was ist da passiert?«, erkundigten sich die Brüder erstaunt.

»Das muss ein wahres Teufelsmädchen sein«, fuhr Benedikt fort. »Ihr Vater hat sie schon aufs Hochjoch geschickt, weil sie immer ihren Kopf durchsetzen will und auf niemanden hört. Dann kommt sie runter, und was tut sie? Schlägt den Gellner Vinzenz halbtot und zündet dem Vater die Scheune an.«

»Jesus Maria!«

»Danach ist sie davongelaufen und durch die Gegend geirrt. Gestern war sie wohl in Vent und hat an allen Türen nach Arbeit gefragt, aber wer will denn so eine schon im Haus haben? Zu allem Überfluss schleppt sie auch noch den großen Geier mit herum, den sie vor Jahren gefangen hat – den sollen die Leut mit ihr aufnehmen. Natürlich bedankt sich da ein jeder!«

Nikodemus sah Leander an – und der wurde dunkelrot.

»Na wunderbar«, sagte der älteste Klotz, »jetzt wissen wir endlich, wer da drinnen liegt und warum der Geier zum Verrecken net vom Dach wegwill – wir haben die Geierwally im Haus!«

Benedikt sprang auf: »Was?«

»Warum schreist denn so?«, sagte Leander. »Muss das arme, kranke Madel denn alles hören?«

Dann erzählten sie abwechselnd dem Bruder, was während seiner Abwesenheit passiert war und wie sie ein unbekanntes Mädchen halb erfroren vor der Haustür gefunden hatten. Und sie argumentierten, dass die Kranke zumindest so lange im Haus bleiben müsse, bis sie wiederhergestellt sei.

»Nix da«, rief der Benedikt, der aus härterem Holz war als seine Brüder, und zog drohend die buschigen Augenbrauen zusammen. »Einer Brandstifterin gewähren wir kein Asyl – die hat unseren Schutz net verdient.«

»Wennst das Madel siehst, dann würdest du sie auch aufnehmen«, wies Leander ihn zurecht. »Da wärst kein Mensch, wenn du solch ein armes Ding in Wind und Wetter nach draußen jagst.«

»So? Und auf die Art und Weise kommen am Ende alle Räuber und Mörder der ganzen Gegend hierher, und die Rofener Höfe werden zum Unterschlupf für alles Gesindel! Das wär so ein Fressen für die auf dem Landgericht! Wenn ihr euch anschmieren lasst von einer angeblich Kranken – ich nicht«, sagte er und ging entschlossen zur Tür der Krankenstube.

Doch Nikodemus stellte sich ihm in den Weg. »Benedikt, ich bin der Älteste von uns und Herr auf Rofen. Ich weiß so gut wie du, was wir uns schuldig sind! Ich geb dir mein Wort, dass ich das Madel selber keine Stunde länger im Haus behalt, als Menschen- und Christenpflicht es verlangt, aber jetzt ist sie krank, und da duld ich net, dass man sie schlecht behandelt. Solang ich auf Rofen leb, soll unter diesem Dach keinem Menschen Unrecht geschehen.« Mit diesen Worten öffnete er die Tür, um seinen Bruder zu der Kranken zu lassen.

Benedikt trat rasch und kein bisschen leise ein. Am Bett sah er seine Schwester sitzen, die etwas Warmes für das Mädchen strickte und ihm jetzt ein Zeichen gab, nicht so laut zu sein. Unnötigerweise, denn kaum hatte der aufgebrachte junge Mann einen Blick auf das Bett geworfen, mäßigte er von selbst seinen Schritt. Was er sah, gefiel ihm. Die Kranke schlief fest. Sie lag auf dem Rücken und hatte einen ihrer weich gerundeten Arme über dem Kopf liegen. Eine Flut dunklen Haares ergoss sich auf das Kissen und umrahmte ein blasses Gesicht, das jedoch noch die Bräune des Sommers erahnen ließ. Der Mund war zu einem leichten Lächeln verzogen, zwischen den vollen Lippen blitzten glänzend perlmuttfarbene Zähne. Benedikt war still geworden – ganz still. Er schaute das verführerische und zugleich unschuldige Bild lange und staunend an. Dieses Mädchen konnte doch nichts mit den boshaften Schilderungen gemein haben, die man ihm zugetragen hatte. Er presste die Lippen zusammen und wandte sich um. »Da habt ihr recht – die ist wirklich krank«, sagte er leise und ging auf Zehenspitzen hinaus.

10

Wieder wehten laue Frühlingslüfte durchs Land. Rauschend stürzten die Gebirgsbäche zu Tal, angefüllt mit Schmelzwasser von abtauendem Schnee und Eis. Schüchtern reckten die ersten Alpenpflanzen ihre Köpfe der Sonne entgegen – misstrauisch fast, ob die es schon ernst meinte mit ihren Strahlen. Hier und da lagen noch einzelne Schneereste wie vergessene Leintücher. In dem immergrünen Zirben- und Fichtenhain schlugen die Vögel mit ihren Flügeln und stimmten die Kehlen, um den Frühling, die Wärme und das Licht zu begrüßen.

Von den Gletschern donnerten jedoch noch Lawinen herunter und walzten mit schrecklicher Urgewalt alles nieder, was sich ihnen in den Weg stellte: Bäume und Sträucher ebenso wie Steine und Balken. Auch Rofen war unverändert fest in der Hand des Winters, lag wie ein Langschläfer da unter einer weißen Decke, beschützt von den himmelhohen Felswänden. Vor dem Hof der Klotzbrüder stand Leander und fütterte Wallys Geier mit einer großen Maus, die er für ihn gefangen hatte. Der Hansl war sein Liebling von dem Augenblick an, als er erfahren hatte, zu wem er gehörte – dem Tier ging es ausgesprochen gut bei den Rofenern.

In diesem Moment kam sein Bruder Benedikt zurück, der den Weg auf den Murzollgletscher ausgekundschaftet hatte, ein zu dieser Jahreszeit lebensgefährliches Unternehmen. Er blickte ziemlich finster drein.

»Nun?«, fragte Leander besorgt, »wie schaut's aus?«

»Der Weg ist zur Not gangbar; wenn ich sie führ, kann sie's riskieren.«

»Geh, Benedikt, lass es – lass sie net da hinauf. Ich bitt dich drum.«

»Was die will, das will sie«, entgegnete der Bruder resigniert.

»Sag ihr, der Berg sei erst später zu begehen, dann lässt sie's vielleicht von selber bleiben.«

»Mach dir nix vor! Die ändert ihre Meinung nie im Leben, und wenn sie noch so lang hierbleibt. Mach dir erst gar keine Hoffnungen, sie hat's dir doch oft genug ins Gesicht gesagt. Ein Grünschnabel wie du, der taugt net für ein Madel wie die Wally! Find dich damit ab.« Er ging ins Haus, und dem Jüngeren traten die Tränen in die Augen.

Drinnen traf Benedikt auf Wally, die gerade aus dem Stall kam.

»Wally«, sagte er, »wenn's sein muss, werd ich dich hinaufführen. Einen Weg hab ich gefunden, aber gefährlich bleibt's.«

»Ich dank dir schön, Benedikt, dann lass uns morgen gehen.« Sie hängte die Heugabel auf und ging in die Küche. Benedikt stampfte mit dem Fuß auf den Boden, bevor er ihr folgte. Er fand sie, wie sie sich gerade daranmachte, den Küchenboden zu putzen.

»Wally – lass das, ich möcht mit dir reden.«

»Ich kann net, Benedikt, schau, wenn ich morgen fortgeh, muss doch das ganze Haus sauber sein. Ich will keine Schlamperei zurücklassen.«

»Du hast bei uns mehr gearbeitet als sonst was. Jetzt reicht es wirklich. Das Haus ist sauber genug – und wenn du nimmer da bist, dann ist eh alles egal.« Er kaute an einem Stück Holz und spuckte die abgebissenen Splitter aus. Wally, die daran seine innere Erregung erkannte, ließ ihre Arbeit ruhen, um ihm zuzuhören.

»Wally«, bat er, »überleg dir's doch noch mal, ob du net einen von uns nehmen willst. Das wär doch das Beste, auch für dich. Anderswo reden die Leut doch nur schlecht von dir.«

Wally nickte zustimmend mit dem Kopf.

»Siehst, wir Rofener, wir dürfen überall anklopfen. Du hast die Wahl zwischen mir und dem Leander – und schlägst dein Glück einfach aus! Wally, das könnt dich später reuen!«

»Benedikt, du meinst es gut, und ich hab dich und den Leander unendlich gern, aber mehr wie Brüder. Zum Heiraten gehört eben mehr – da muss ich jemanden schon richtig lieben können. Weißt, ich hab mal einen gesehen, den ich seitdem nimmer aus dem Kopf bring, und solange ich das net schaff, kann ich keinen anderen nehmen. Obwohl das anders viel einfacher wär, das weiß ich.«

Sie sah, wie der Benedikt blass wurde, und fuhr fort. »Schau, ich sag's dir ehrlich, damit du endlich Bescheid weißt und nicht ständig weiter an mich denkst. Glaub mir's, Benedikt, ich werd's dir nie vergessen, was du für mich getan hast, du und ihr alle. Ihr habt mich vorm Tod bewahrt, habt euch schützend vor mich gestellt, als mich der Vater mit Gewalt hat holen lassen wollen. Ich wär wirklich glücklich, wenn ich dich lieben und den andern vergessen könnt, aber das kann ich nicht. Sag selbst: Was willst mit einer Frau, die einen anderen nicht aus ihrem Herzen bringt? Das wär wahrhaftig ein schlechter Dank für einen Mann, wie du einer bist!«

»Ja«, sagte Benedikt heiser und wischte sich die Stirn.

»Siehst du's jetzt wenigstens ein bisschen ein, dass ich wegmuss, dass es so nicht weitergehen kann?«

»Ja«, antwortete er automatisch und ging aus der Küche.

Wally sah ihm nach, diesem netten, liebevollen Mann, der ihr in seiner schlichten Art alles geboten hatte, was jedes andere Mädchen glücklich machen würde. Und sie verstand sich selbst nicht, dass sie ihm, der so viel für sie getan hatte, nicht den Vorzug geben konnte vor jenem Fremden, der nicht einmal an sie dachte.

Aber es war ganz einfach so! Gegen den Joseph kam in ihren Augen keiner an – er war ihr Held, ihr Ritter. Noch immer sah sie ihn vor sich, wie er mit dem Fell des Bären über der Schulter daherschritt und stolz von seinem Kampf mit dem gefährlichen Tier erzählte. Wie sie ihn alle umstanden und bewunderten – ihn, den Einzigartigen und Herausragenden, dem niemand an Kraft und Schönheit das Wasser reichen konnte. Auch an seinen

Streit mit dem Vater dachte sie oft zurück, aber vor allem daran, wie er trotz des Strommingers Feindseligkeit so nett mit ihr geredet hatte. Seit damals hegte und pflegte sie die Hoffnung, der Joseph sei für sie bestimmt. Wenn er nur wüsste, was alles sie für ihn auf sich nahm, dachte sie seufzend und ging wieder an ihre Arbeit.

Morgen würde sie wieder aufs Hochjoch ziehen. Das hatte der Nikodemus arrangiert, nachdem sie sich ihm anvertraut hatte wegen des Werbens seiner Brüder um sie. Daraufhin hatte er den Höchstbauern aufgesucht, der zwar nicht bereit war, seiner Tochter zu verzeihen und sie wieder aufzunehmen, aber zumindest willigte er ein, dass sie den Sommer über erneut die Schafe und Ziegen hoch oben in den Bergen hütete. Was sie aber danach im Winter mache, das sei ihre Sache, hatte er hinzugefügt. Immerhin gab er dem Nikodemus noch das Versprechen, sie nicht mehr suchen zu lassen.

So kam also die Stunde, da die Wally abermals dem Frühling Adieu sagen musste, um sich in die Welt der Gletscher und Felsen, in die Regionen von Schnee und Eis zurückzuziehen. Es war ein schwerer Abschied von den Brüdern und der guten Maria, denn sie alle waren ihr wie eine Familie ans Herz gewachsen, und traurig dachte sie, warum die beiden jüngeren Brüder in ihr nicht nur eine weitere Schwester hatten sehen können. Der Benedikt wollte es sich um keinen Preis nehmen lassen, sie zu begleiten. »Du warst uns so lang anvertraut, da wollen wir dich wenigstens mit heiler

Haut oben abliefern. Was dann mit dir geschieht, das liegt allein in Gottes Hand.«

Es war ein Schreckensweg, den sie durch den tauenden Schnee über den Gletscher zu machen hatten – selbst Benedikt, weit und breit der erfahrenste und unerschrockenste Bergführer, wurde es mehr als einmal unbehaglich zumute. Sie sprachen wenig, denn angesichts der überall lauernden Gefahren wagten sie kaum, nach links oder rechts zu schauen. Endlich, nachdem sie einen halben Tag mit den Elementen gekämpft hatten, erreichten sie das Hochjoch.

»Da willst du hausen«, stieß Benedikt entsetzt hervor, als er die halbverfallene Hütte sah. »Magst es dir nicht doch noch mal überlegen, Bäuerin auf Rofen zu werden?«

»Ich kann net anders, Benedikt, so gern ich's auch möcht«, sagte Wally leise und blickte traurig auf die verschneite, wenig einladende Hütte. »Manchmal denk ich, die Berggeister haben mich in ihren Bann geschlagen, zwingen mich, immer aufs Neue hierherzukommen, damit ich im Tal net heimisch werd.«

»Man könnt's fast glauben! Es ist wirklich eigenartig mit dir. Ich kenn kein Madel, das so ist wie du. Und auch wenn man dich sehr lieb hat – da ist irgendwo immer ein Gefühl, dass du net dazugehörst, sondern in einer anderen Welt lebst.« Er warf den Packen mit Lebensmitteln hin und begann, den Eingang zur Hütte freizuschaufeln.

»Benedikt«, sagte Wally leise, als könnten unbefugte Ohren es hören, »glaubst du eigentlich an die Geschichten vom Murzoll und den seligen Fräulein?«

Benedikt schaute nachdenklich vor sich hin und zuckte die Achseln. »Nein, ich net – aber es gibt eine Menge Leut, die hören auf die alten Märchen und glauben dran.«

»Ich hab mir nie was dabei gedacht, doch im vorigen Jahr an meinem ersten Tag hier oben, da hatte ich einen Traum, der war so lebendig, dass man meinen konnte, es sei Wirklichkeit gewesen. Und seitdem muss ich immer daran denken, wie der Murzoll und seine Töchter mein Herz zu Eis machen wollten, damit ich nix mehr fühl und immer bei ihnen bleib. Das macht mir manchmal Angst.«

»Was war denn das für ein komischer Traum?«

»Weißt, der Bursche, den ich gern hab, der ist ein Gamsjäger, und da haben mir die seligen Fräulein in meinem Traum gedroht, sie täten mich in den Abgrund stürzen, wenn ich von dem Joseph nicht lass. Man sagt ja, sie stellen allen Jägern nach und bestrafen sie.« Nachdem sie ihm das ganze beunruhigende Erlebnis berichtet hatte, schüttelte Benedikt den Kopf und wurde ganz schwermütig: »Wally, an deiner Stelle hätt ich wirklich Angst!«

Da warf die Wally den Kopf zurück und lachte. »Ach was, ich schieß schließlich keine Gams, und außerdem darf man sich nur net schrecken lassen. Ich bin seitdem schon über viele Abgründe gesprungen, und nix ist mir passiert.« Sie hob ihre Arme herausfordernd in die Höhe: »Solang ich zwei Arme und zwei Hände hab, brauch ich mich vor nix zu fürchten!«

Benedikt, der nur zu gut um die Gefahren in den Bergen wusste, schaute sie nachdenklich an und sagte dann in einem dringlichen, mahnenden Ton: »Gib acht, Wally! Wer zu hoch hinaus will, der eckt leicht an und fällt tief. Übermut und Hochmut sind hier oben nicht angebracht.«

Sie schwieg, und gemeinsam betraten sie die Hütte. »Wer keinen Rat annimmt, dem ist auch net zu helfen«, seufzte Benedikt. »Hoffentlich ist der Kerl, an dem du hängst, das alles wert. Andernfalls müsst man ihm den Kragen umdrehen.«

»Wenn er's wüsst, tät er's mir gewiss lohnen.« Bei diesen Worten senkte das Mädchen errötend den Blick.

»Er hat überhaupt keine Ahnung?«, wollte Benedikt erstaunt wissen.

»Nein, er kennt mich kaum!«

»Um Himmels willen, möge Gott dir verzeihen, dass du dein Herz an einen fremden Menschen hängst – und die, die dich lieb haben und alles für dich tun wollen, die stößt von dir! Weißt, das kann keine Liebe sein – das ist Eigensinn!«

Wally schwieg und dachte über die Worte nach. Auch Benedikt sagte nichts mehr, sondern richtete, so gut es ging, die Hütte her und stapelte Holz neben der Feuerstelle auf, bevor er sich endgültig von ihr verabschiedete. »Behüt dich Gott da heroben! Und pass auf dich auf und bete, dass der Herr im Himmel seine Hand über dich hält und dich vor Bösem bewahrt.«

Wallys Herz krampfte sich zusammen, als sie seinen tieftraurigen Blick sah, und fast unbewusst nahm sie den Benedikt, der ihr treuer Beschützer gewesen war, bei der Hand und begleitete ihn ein Stück des Weges, als fürchte sie sich, ohne ihn hierzubleiben. Dann wandte sie sich um und ging zur Hütte zurück, war wieder allein mit ihrem Geier und ihren Berggeistern. Sie schaute sich um, doch anders als im Vorjahr konnte sie nichts Bedrohliches oder Unheimliches entdecken. Kein schroffer Fels schreckte sie, kein Abgrund, keine Gletscherspalte. Selbst das Toben der Elemente, das sie hier wieder erleben würde, jagte ihr keine Angst ein. Sollten sie doch kommen mit Sturm und Hagel, Blitz und Donner. Wally lächelte. Heute schien es ihr gar, als wolle die gewaltige, eisige Bergwelt die Rückkehrerin freundlich begrüßen und aufs Neue willkommen heißen. Sie dachte an das Gesicht Murzolls, das sie damals in ihrem verstörenden Traum gesehen hatte, und sie meinte, seine steinernen Züge oben in den grauen Felsen zu erblicken, wie sie wohlwollend auf sie herabblickten. Sein Grollen, seine unerbittliche Härte vergaß sie darüber. Und so schaute sie leuchtenden Auges und frohen Herzens in die weite Welt hinaus – und hoffte und harrte.

Wieder vergingen Wochen und Monate. Kurz nach ihrer Ankunft auf dem Hochjoch waren auch die Tiere heraufgetrieben worden, und der Hütebub vom Höchsthof hatte ihr Proviant gebracht. Hin und wieder besuchte einer der Rofener Brüder die Wally in ihrer Einsamkeit, wohl darauf hoffend, das junge Mädchen, das langsam zur Frau heranwuchs, könnte doch noch ihren Sinn ändern.

Aber sie mussten stets unverrichteter Dinge wieder abziehen. Dann kam der Juli mit einer glühenden Sonne, die die letzten Schneereste unterhalb des ewigen Eises wegtaute und die kargen Wiesen ausdörrte. Eines Tages stachen die Sonnenstrahlen so ungewöhnlich scharf, dass es Wally vorkam, als ginge sie zwischen glühenden Nadeln. Wenn die Sonne »sticht«, näht sie Wolken zusammen, sagte eine alte Bauernregel. Und wirklich, um die Mittagszeit, hatte sich ein dunkles Wolkenzelt um die Hochalm zusammengezogen, und eine bleierne Dämmerung legte sich schwer über die Erde. Hoch über ihr zuckten erste Blitze, und aus der Ferne ertönte Donnergrollen. Wieder glaubte Wally das Traumgesicht Murzolls zu sehen, diesmal mit einem riesigen schwarzen Trauerschleier verhüllt. Hatte sie anfangs noch an einigen Stellen in die Ferne oder hinunter ins Tal schauen können, so verdichteten sich die Wolkenschleier zunehmend zu undurchlässigen Wänden, die sie auf ihrer Alm wie unter einer Glocke einzuschließen schienen.

Jetzt wurde der Wally doch etwas bang zumute – sie hatte schon manches hier erlebt, aber so etwas noch nicht. Unruhe erfasste auch die kleine Herde, und so trieb sie die Tiere unter einen Felsvorsprung, den sie für solche Zwecke als Notpferch hergerichtet hatte. Doch ein Tier fehlte, eine junge Geiß, die sich wohl verstiegen hatte. Es half alles nichts: Trotz des drohenden Unwetters musste sie suchen gehen. Schon begann es rundum dumpf zu grollen, brausend fegte die Windsbraut heran und brachte erste Hagelkörner mit. Und mitten drin im Kampf der Elemente die Wally wie eine heldenhafte Königin, die dem Aufruhr ihrer Untertanen entgegentritt. Und königlich sah sie wahrhaft aus, obwohl sie selbst über ihr Spiegelbild gelacht hätte. Einen kleinen kupfernen Milchkessel wie einen Helm auf den Kopf gestülpt, eine dicke Pferdedecke umgehängt, den Krummstab wie ein Zepter in der Hand – so warf sie sich den Unbilden des Wetters entgegen, kämpfte sich vor bis auf eine Felszacke, wo sie nach dem verlorenen Tier Ausschau halten konnte.

Aber nichts, rein gar nichts war in dem dichten Nebel zu erkennen. Wally stieg weiter und weiter bis zu der Stelle, wo der Weg ins Schnalstal hinabführt. Und da, tief unten in der Schlucht, über einem steilen Abgrund, drückte sich das Zicklein auf einen schmalen Felsvorsprung, zitterte unter den Schlägen der schweren Eiskörner. Für Wally gab es kein Zögern. Wie damals, als sie den Geier holte, stieg sie entschlossen in die Wand. Immer dichter prasselte der Hagel herab, immer heftiger peitschten ihr Sturm und Regen ins Gesicht, aber es focht sie nicht an – wichtig waren allein die Stimme ihres Herzens und das stumme Flehen in den Augen des verängstigten Tieres. Endlich hatte sie es geschafft, konnte das Zicklein mit ihrem Krummstab zu sich heranziehen, warf es sich über die Schulter und stieg, mit Händen und Füßen kletternd, wieder empor. Immer erbarmungsloser tobte das Unwetter, riss Bäume krachend in die Tiefe – es war, als würde sich die ganze Welt in heilloser Auflösung befinden. Fast glaubte Wally, es nicht mehr zu schaffen, doch sie gab nicht auf, erreichte mit letzter Kraft den rettenden Steig.

Sie verschnaufte einen Augenblick, wollte gerade weitergehen, als sie eine menschliche Stimme zu hören vermeinte. Sie lauschte angestrengt. Ja, jetzt war es trotz des Getöses ringsumher deutlich zu vernehmen – zweifellos der Hilferuf eines Menschen. Wally war verwirrt. Wen mochte es um diese Jahreszeit und bei diesem Wetter hier aufs Joch getrieben haben? Sie lauschte mit angehaltenem Atem, aus welcher Richtung die Stimme gekommen war. Beim nächsten Mal merkte sie, dass der Rufer sich ganz dicht hinter ihr befand. »He, du – hilf mir doch!« Und aus dem Nebel und Regen tauchte eine Gestalt auf, die jemanden auf dem Rücken zu schleppen schien. Wally stand wie erstarrt, als sie das Gesicht langsam Konturen gewann. Glühende dunkle Augen, ein schwarzer Schnurrbart unter der fein gebogenen Nase – Herr des Himmels, das konnte nicht wahr sein. Wally schaute und schaute, aber die Gesichtszüge waren unverkennbar die vom Joseph – dem Mann all ihrer Träume, ihrem Ritter und ihrem Helden. Hatte sie es nicht gewusst, dass er sie eines Tages finden würde?

Da standen sie sich nun gegenüber, sprachlos vor Freude die eine, sprachlos vor Verwunderung der andere, denn der Anblick der Gestalt mit dem wallenden Umhang und der Schüssel auf dem Kopf erschien ihm mehr als sonderbar. »Jesus Maria – ein Madel«, stammelte er schließlich. Dann fing er sich und fügte hinzu: »Bist du am Ende die Geierwally, die Tochter vom Stromminger?!«

»Ja, genau die bin ich«, erwiderte das Mädchen atemlos.

»Na, dann sollt ich mit dir eigentlich nix zu schaffen haben!«

»Warum denn das?« Wally erbleichte sichtbar unter ihrem kupfernen Helm, auf den gerade ein Blitz niederzuckte, sodass sie aussah wie eine geharnischte Jungfrau im Strahlenkranz.

Jetzt war es am Joseph, verlegen zu sein, denn das merkwürdige Mädchen schüchterte ihn ein. Zur Ablenkung beugte er sich über die leblose Gestalt, die er auf den Boden gelegt hatte, doch dann setzte er zu einer Erklärung an. »Weißt, ich steh halt seit der Geschichte in Sölden mit deinem Vater net gerade gut, und die Leut sagen außerdem, dass mit dir nimmer auszukommen sei. Aber das hilft jetzt nix, denn das arme Madel hier kann keinen Schritt weiter, und da brauch ich deine Hilfe. Ein Blitz hat neben ihr eingeschlagen und sie umgeschmissen. Können wir in deiner Hütte bleiben, bis das Unwetter vorüber ist und sie sich ausgeruht hat?«

Wally sah ihn halb trotzig, halb schmerzlich an, denn das Wiedersehen mit dem Joseph hatte sie sich ganz anders ausgemalt. Ihre Lippen zuckten, als wolle sie eine heftige Antwort geben.

Doch dann dachte sie an die Mahnungen des alten Pfarrers, und sie sagte nur: »Dann kommt halt mit«, wobei sie noch hinzu fügte: »Wer ist denn die?«

»Das ist die Afra, eine Magd aus dem Vinschgau; sie geht jetzt nach Zwieselstein ins ›Lamm‹. Ich hab drüben zu tun gehabt wegen einer Erbsache – meine Mutter ist nämlich gestorben –, und weil wir den gleichen Weg hatten, hab ich sie halt mitgenommen.« Dann schwiegen beide erneut, bis sie die Hütte erreichten.

»Das ist aber ein schlimmes Loch«, sagte Joseph beim Eintreten. »Dazu gehört schon was, sein Kind in so einen Hundestall zu stecken! Na ja, aber die Leut sagen, du hättest ihn auch bis aufs Blut gereizt. Und dann noch das Feuer ...«

»So, du meinst also, du weißt genau Bescheid?«, fuhr Wally den jungen Mann erbittert an, während sie das Lager herrichtete, um die Fremde dort hinzulegen. In ihren Träumen hatte sie den Joseph immer als einen verständnisvollen Beschützer gesehen, der nie wie die anderen schlecht über sie denken würde. Und nun das!

Die nächsten Worte streuten noch mehr Salz in ihre Wunden. »Komm schon«, fuhr der Joseph arglos fort, »das weiß doch ein jeder in der ganzen Gegend, dass du genauso bist wie dein Vater, stolz und hartherzig. Sonst hättest ja den Vinzenz net um ein Haar totgeschlagen. Wennst jetzt schon so anfängst – wo soll denn das noch hinführen, sagen die Leut.«

»Weißt denn du überhaupt, warum ich den Vinzenz geschlagen hab und warum das mit der Scheune passiert ist?«, fragte Wally mit bebender Stimme: »Weißt, warum ich hier oben bin in dem Hundestall, wie du sagst? Weißt du das?

Interessiert's dich?« Sie zerbrach mit den Händen einen starken Ast, und unwillkürlich musste Joseph ihre Kraft bewundern.

»Nein«, sagte er zögernd, »woher sollt ich das wissen?«

»Wenn du nix Genaues weißt, dann red auch net so daher« grollte sie leise und machte Feuer, um für die Kranke Milch zu wärmen.

»Sag mir's halt, wenn ich dir Unrecht tu!«

Wally blutete es das Herz, doch wie so häufig, wenn sie ihre Gefühle und ihre Enttäuschung verbergen wollte, verfiel sie in einen höhnischen, unversöhnlichen Ton. »Dir – dir soll ich's sagen?!«, rief sie. »Ja – du wärst der Letzte, dem ich's sagen tät! Du müsstest es eigentlich von allein wissen.« Sie wandte sich ab, damit er die aufsteigenden Tränen nicht sah, spülte mit fieberhaftem Eifer einen kleinen Topf, goss Milch hinein und hängte ihn über das prasselnde Feuer.

Joseph erkannte nicht den Schmerz in ihren Worten, er hörte nur den Hohn heraus und reagierte mit Verärgerung. »Mit dir ist wirklich net zu reden, da haben die Leut schon recht«, sagte er verdrossen und kümmerte sich fortan nur noch um seine Begleiterin, die langsam das Bewusstsein wiedererlangte.

»Was ist denn los?«, fragte sie und schaute sich verwundert in dem ärmlichen Raum um.

»Sei schön still, Afra«, erklärte der Joseph, »du wärst beinah vom Blitz erschlagen worden, und jetzt sind wir in der Hütte von der Stromminger-Wally.«

»Jesus Maria! Bei der Geierwally?«, rief das Mädchen erschrocken.

»Bleib ganz ruhig«, tröstete Joseph sie, »sobald du dich erholt hast, brechen wir wieder auf!«

Wally hatte den Wortwechsel mitbekommen und wandte sich jetzt mit einem Anflug gutmütiges Spottes an die Kranke. »Also, bis in den Vinschgau hinüber ist mein Ruf schon gedrungen. Da, trink was auf den Schreck«, sagte sie und reichte ihr die warme Milch, in die sie etwas Branntwein gemischt hatte. Sie setzte sich neben das Mädchen, um es beim Trinken zu stützen.

Die Afra nahm zwar einen kräftigen Schluck aus der Schale, doch dann sank ihr Kopf kraftlos gegen Wallys Schulter. Der junge Mann betrachtete nachdenklich das Bild und konnte sich nicht vorstellen, dass diese junge Frau, die liebevoll die Kranke versorgte, so böse sein sollte, wie es allgemein hieß. Und schön war sie. »Ein wirklich blitzsauberes Dirndl bist«, brach es plötzlich anerkennend aus ihm heraus. »Aber warum machst solche Sachen?«

Eine leichte Röte überzog Wallys Gesicht bei diesen Worten, und neue Hoffnung keimte in ihrem Herzen. Würde doch noch alles gut werden?

»Aber in dir schlägt ein gutes Herz, ich spür's, und das gewinnt irgendwann die Oberhand«, sagte die Afra und schaute in Wallys große, ehrliche Augen. Die wiederum nahm jetzt die Fremde ebenfalls genauer in Augenschein. Sie war einige Jahre älter als sie, wohl an die fünf- bis sechsundzwanzig Jahre, doch ihre zarten Züge wirkten noch immer jugendlich. Und hübsch war sie mit den seelenvollen blauen Augen und dem blonden, seidigen Haar. Wally fand sie schön wie einen Engel und kam sich im Vergleich dazu mit ihrer kräftigen Gestalt, dem dunklen Teint sehr grob vor. Wie das roh geschnitzte Holz und die kunstvollen Figürchen, dachte sie unwillkürlich, und mit einem Mal beschlich sie ein eigentümlich banges Gefühl. Sie sah den Joseph an, stand auf und fing an, wieder herumzuhantieren.

Jäh wurde die beinahe friedliche Stimmung gestört, denn als die Wally kurz hinausging, um das verirrte Zicklein zu der Herde zu bringen, schoss mit einem Mal der Hansl zur Tür herein, sehr zum Schrecken der furchtsamen Afra. »Jesus, was ist denn das?«, rief sie sich bekreuzigend und zog Schutz suchend den Joseph zu sich heran.

»Das ist der Geier, den ich als Kind aus der Felswand geholt hab«, sagte Wally, die gerade zur Tür hereinkam, voller Stolz, und liebevoll ruhte ihr Auge auf dem mächtigen Vogel. »Da schaut her, er ist so zahm, dass er immer wieder zu mir zurückkehrt und aufs Wort folgt«, fügte sie erklärend hinzu und setzte sich den Hansl auf die Schulter.

»Wirklich ein Prachtkerl«, meinte der Joseph, doch sein Tonfall ließ erkennen, dass aus ihm der Jäger sprach. Wally versteifte sich sogleich, und auch der Geier schien die Gefahr zu spüren. Er stieß ein eigentümliches Pfeifen aus, bog den Hals vor und sträubte die Federn. Alles Streicheln und alle beschwichtigenden Worte seiner Herrin vermochten ihn nicht zu beruhigen.

»Aha, scheint so, dass du den Jäger witterst«, lachte Joseph und griff nach dem Vogel, als wolle er ihn von Wallys Schulter reißen. Ein folgenschwerer Fehler, denn jetzt breitete das Tier die Schwingen aus, rauschte zur Decke hinauf und stieß mit geballter Kraft auf den vermeintlichen Angreifer nieder. Wally stieß einen Schrei des Entsetzens aus, Afra flüchtete sich in eine Ecke, während der Hansl sich immer wieder auf den Jäger stürzte, ihn mit seinem starken Schnabel attackierte und seine nicht minder gefährlichen Krallen in die Hüfte seines Opfers zu schlagen versuchte.

Wally riss die Tür auf: »Hinaus, Joseph, ins Freie – in dem engen Loch kannst ihm nie entwischen.«

Aber der Bärenjoseph hatte genauso seinen Stolz wie die Geierwally. Vor einem Vogel davonzulaufen – das wäre ja gelacht! »Der Teufel soll mich holen, wenn ich mich vom Fleck rühr«, stöhnte er und bekam wirklich mit einem Mal den Geier bei den Füßen zu packen und rang das widerstrebende Tier nieder. »Mein Messer, schnell, gib mir mein Messer – ich hab ja keine Hand frei.«

Die Wally erstarrte und erschrak bis ins Mark. Was hatte der Joseph vor? Wollte der etwa ihren Hansl töten? Schnell warf sie dem Tier ein Tuch über den Kopf und riss es an sich. Doch für den Joseph war der Kampf nicht zu Ende. Er erhob sich, um seine Flinte zu holen. Schon wollte er sie entsichern, als ihm das junge Mädchen in die Arme fiel. »Ja, um Gottes willen, was tust denn da! Du wirst mir doch meinen Hansl net erschießen wollen!«

Joseph sah sie überheblich lächelnd an: »Ja, was denkst denn du? Glaubst, ich lass so ein bösartiges Viech leben?«

Wally schaute ihn irritiert an. Sie verstand die Welt nicht mehr. War das der Mann, den sie in ihren Träumen als ihren Helden idealisiert hatte? Wie konnte er sich an dem Liebsten, was sie hatte, vergreifen wollen? Beschützerinstinkte wurden in ihr wach, und mit flammenden Augen trat sie vor den Mann hin, dem sie nie etwas Schlechtes zugetraut hätte. »Joseph, lass den Hansl! Ich hab ihn unter Lebensgefahr aus dem Fels geholt, hab ihn aufgezogen. Er ist mein Ein und Alles auf der Welt – und der Einzige, der mich mag. Dem darfst nix tun!«

»Ach ja, hast nicht gesehen, wie mir der Satan beinah die Augen ausgehackt hat«, bekam sie zur Antwort, und Josephs Stimme klang böse und unversöhnlich.

»Er kennt dich halt net«, versuchte sie zu beschwichtigen. »Willst du dich etwa rächen wollen an einem unvernünftigen Tier?«

Zornig stampfte der junge Mann mit den Füßen auf. »Ich sag's dir ein letztes Mal. Jetzt trägst ihn hinaus und lässt ihn fliegen, damit ich ihn wie ein Jäger schießen kann. Wenn nicht, dann tu ich's hier in der Hütte.«

Wally stieg das Blut zu Kopf vor heller Empörung. Das sollte ihr Ritter sein? Sie vergaß alles, was sie seinetwegen auf sich genommen hatte – jetzt zählte nur noch ihr Schützling, ihr Hansl. »Das wollen wir doch sehen«, rief sie in aufbrausendem Zorn, ganz die stolze, herrische Strommingertochter. »Das will ich wissen, ob du dich wirklich vergreifst an meinem Eigentum. Weg mit der Flinte, oder du sollst mich kennenlernen!« Und sie schlug ihm mit einem raschen Griff das Gewehr aus der Hand, sodass sich ein Schuss krachend an der Hüttenwand entlud.

Jetzt gab er nach, der Joseph, aber sie hatte ihn, den Bärentöter, gedemütigt. Das ließ er sie nur allzu deutlich spüren. Und er zahlte es ihr sogleich heim, indem er sie kränkte. »Meinetwegen, dann behalt deinen krummschnabeligen Schatz – es wird schon der einzige sein, den du kriegst im Leben«, sagte er voll ätzendem Hohn. »Bist halt doch nichts anderes als die Geierwally.«

Und ohne sie eines weiteren Blickes zu würdigen, riss er sein Taschentuch in Streifen, um sich die arg zugerichteten Hände zu verbinden. Wallys Hilfe lehnte er ab: »Lass, das soll die Afra machen!«

Wally überkam eine tödliche Angst. Sie fühlte plötzlich, dass sie sich den Joseph zum Feind gemacht, ihn vielleicht für immer verloren hatte, und ihr war, als müsse sie sterben bei diesem Gedanken. Sollte denn alles umsonst gewesen sein? Noch einmal versuchte sie, das Ruder herumzureißen und das belastende Missverständnis aus der Welt zu schaffen, aber vergebens. Joseph in seiner gekränkten Eitelkeit weigerte sich zu reden, wollte nur noch weg. »Afra«, sagte er zu seiner Begleiterin, »wennst wieder weiterkannst, dann lass uns bitt schön gehen.« Dann half er dem

Mädchen vom Bett, hängte das Gewehr über die Schulter, nahm den Bergstock zur Hand und verließ mit einem knappen Gruß die Hütte.

Wally schaute den beiden blicklos hinterher. Das Unwetter hatte sich verzogen, die schwarzen Wolken lösten sich langsam auf, nur aus der Ferne klang noch leichtes Donnergrollen herüber. Sonst war alles still und ruhig ringsumher, und ein weißes Leichentuch aus Hagel- und Eiskörnern hatte sich über den Berg gebreitet. Sie presste den noch immer verschreckten Vogel fest an ihre Brust. »Ach Hansl, mein Hansl – du ahnst ja net, was du mir da heut angetan hast.« Und weinend setzte sie sich auf die Stufen der Hütte und ließ ihren Tränen freien Lauf. Sie schaute hinweg über die verschneiten Mulden und hinauf zu den kalten Felsen – sollte das hier ihre Bestimmung sein, diese menschenfeindliche Einöde? Und wie vor einem Jahr, als sie auf dem Joch angekommen war, überfiel sie erneut ein Gefühl des Grauens.

11

Wieder war ein schweres Jahr für die Wally vergangen – schwer vor allem deshalb, weil sie begonnen hatte, die Hoffnung zu verlieren seit jener verhängnisvollen Begegnung mit dem Joseph. Als der Almsommer vorüber und die Herde abgeholt worden war, hatte die junge Frau sich entschlossen, ihr Glück auf der anderen Seite der Berge im Schnalstal zu versuchen. Zwar wusste man dort nicht, welche Bewandtnis es mit ihr hatte, aber der große Geier war Grund genug, sie abzuweisen. Erst als sie sich bereit erklärte, nur für Kost und Logis zu arbeiten, fand sie einen Platz. Doch es war ein trauriges Los: Die Frauen schauten verächtlich auf sie herab wie auf eine Landstreicherin, die Männer betrachteten sie als Freiwild. Trotzdem ließ sie sich ihren Kummer nicht anmerken und ging stolz und scheinbar ungebrochen ihrer Arbeit nach.

Dabei verhärtete sie sich immer mehr – nicht nur äußerlich, denn sie verschloss auch ihr Herz. Die warnenden Worte des Pfarrers schienen endgültig vergessen.

Stattdessen gewannen bittere Gefühle die Oberhand. Sie trauerte um ihre Jugend, auch wenn sie das Weinen längst verlernt hatt Sie beklagte die versäumten Tänze, die entgangenen unschuldigen Vergnügungen, den Verlust von Freunden und

Vertrauten – und ihre verlorene Liebe. Doch wo sie nicht Menschen die Schuld geben konnte, da haderte sie mit dem Schicksal oder gar mit den himmlischen Mächten und wurde in ihrer ausweglosen Verzweiflung immer ungerechter.

Nach dem Winter im Schnalstal stieg sie zum dritten Mal aufs Hochjoch, um die kleine Herde zu hüten. Das war bereits im Jahr zuvor vereinbart worden. Es folgten ein raues Frühjahr und ein stürmischer Sommer, in dem Regen, Schnee und Hagel abwechselten und die Kleidung oft tagelang nicht trocknete. Wally betrachtete dieses unwirtliche Wetter als Spiegel ihrer Seele, denn auch in ihrem Innern sah alles grau in grau aus. Die ganze Welt schien ihr nur noch wie ein trüber, finsterer Traum – und kein Gott war da, der sprach »Es werde Licht«.

Als jedoch nach endlosen Wochen der Finsternis endlich der erste Lichtstrahl die Wolken zerteilte und aus dem Chaos eine schöne, wohlgeordnete Welt auftauchte, da wurde es auch wieder heller in Wallys Brust, und neue Hoffnung begann vorsichtig zu keimen. Sollte es denn wirklich auf Gottes weiter Erde kein Glück für sie geben? Unten in den Orten vielleicht, dachte sie, aber nicht hier in dieser Einöde.

Und übermächtig überkam sie der Wunsch, das Hochjoch zu verlassen, brach die Lust in ihr auf, zu leben und zu lieben. Sehnsüchtig streckte sie die Arme dem sonnigen Tal entgegen. Ihre Bitte sollte schneller erfüllt werden, als sie sich hätte träumen lassen.

»Wally, du musst gleich heinkommen – der Vater ist gestorben«, hörte sie kurz darauf eine Stimme hinter sich sagen, und als sie sich umdrehte, stand da der Hütebub vom Höchsthof.

Wally starrte ihn verständnislos an. Narrte sie ein Spuk? Spielte ihr die Einbildung einen Streich, weil sie sich so sehr eine Rückkehr ins Tal gewünscht hatte? Sie fasste den Buben bei den Schultern, als wollte sie fühlen, ob er Wirklichkeit oder ein Trugbild war.

Der Junge wiederholte seine Botschaft. »Sein Fuß ist immer schlimmer geworden, sodass er gar nimmer hat laufen können, und dann kam noch der Brand dazu. Heut morgen haben sie ihn tot gefunden, und jetzt bist du Herrin auf dem Höchsthof, lässt der Alois dir sagen.«

Die junge Frau war wie betäubt. Zu viel drang da mit einem Mal auf sie ein. Mehr als drei lange Jahre eine Ausgestoßene, sollte sie auf einen Schlag die reichste Bäuerin im Tal sein. Aber gleichzeitig erfasste sie plötzlicher Kummer, dass der Vater gestorben war, ohne dass sie sich ausgesöhnt hatten. Still ging sie in ihre Hütte und weinte bittere Tränen um den Mann, den sie nie hatte wirklich lieben können und dürfen. Und mit den Tränen, die zum ersten Mal seit langer Zeit wieder flossen, löste sich auch die unversöhnliche Härte in ihrer Seele.

Dann stieg sie hinunter ins Tal, das ihr nun vielleicht endlich wieder Heimat sein konnte. Vor dem Tor schon begrüßte sie freudig der Alois und schwenkte seine Mütze. Vroni, die Magd, die sie vor zwei Jahren überheblich aus der Küche gescheucht hatte, brachte ihr heulend und unterwürfig die Schlüssel. Dann war da noch der Vinzenz.

»Wally«, begann er, »du hast mich zwar schlecht behandelt, aber …«

Wally unterbrach ihn ruhig, aber entschieden: »Vinzenz, du weißt genau, wie das damals passiert ist. Und wenn's ein Unrecht war, dann wird Gott mich strafen. Aber wir zwei, wir haben nix miteinander zu schaffen.«

Ohne ihn noch eines Blickes zu würdigen, ging sie zum Totenbett des Vaters und schloss die Tür. Anders als oben auf der Alm wollten jetzt keine Tränen kommen – zu übermächtig wurden hier die Erinnerungen an all den Streit und an die lieblose Erziehung. Stumm betete sie jedoch ein Vaterunser, ohne Groll und versöhnt durch den Tod.

Anschließend ging sie in die Küche, um den Imbiss für die Totenwache vorzubereiten, denn es war üblich, dass sich in den Nächten bis zur Beerdigung Verwandte, Freunde und Nachbarn einfanden. Und je reicher ein Bauer gewesen war, desto mehr Leute pflegten zu kommen. Wally widerte das Ganze an. Da lag ein toter Mann, und um ihn herum wurde gegessen und getrunken, was Keller und Küche hergaben. Und das war so einiges beim Stromminger. Stumm und unbeteiligt lief die Erbin im Haus herum und sehnte sich plötzlich zurück in ihre Bergeinsamkeit, musste sich immer wieder anhören, wie ähnlich sie dem Vater inzwischen sehe – und wusste nicht, wie diese Worte gemeint waren. Am dritten Tag endlich fand das Begräbnis statt. Von nah und fern strömten die

Leute herbei, um dem ebenso gefürchteten wie angesehenen Höchstbauern die letzte Ehre zu erweisen – und um einen neugierigen Blick auf die Erbin zu werfen und ihr schönzutun, nachdem man sie die vergangenen Jahre wie eine Aussätzige behandelt hatte. Jetzt aber war sie eine reiche Hofbesitzerin – das änderte alles.

Wally fühlte diesen Meinungsumschwung und wusste sehr wohl, dass die Leute sich aus reiner Berechnung auf die Seite des mächtigen Stromminger geschlagen hatten. Und genauso verhielten sie sich bei ihr. Aber die junge Frau wollte es nicht verstehen und noch weniger verzeihen. Hatten nicht alle, die jetzt mit krummem Buckel vor ihr standen, sie vor gar nicht allzu langer Zeit von ihren Türschwellen gewiesen? Statt die Sache mit Großmut zu betrachten, verfiel Wally wieder in ihre verhängnisvolle Neigung zur Selbstgerechtigkeit und bedachte die liebedienernden Nachbarn mit herablassender Verachtung.

Als der Leichenschmaus vorüber war und die Leute sich endlich zerstreut hatten, trat der alte Pfarrer von Heiligkreuz, der ihr einst Unterschlupf gewährt hatte, zu ihr hin. »Du bist jetzt Herrin über viel Gesinde und hast Einfluss im ganzen Tal«, sagte er, »aber denk immer dran, dass nur der, der sich selbst zu beherrschen weiß, auch über andere zu herrschen vermag! Es ist ein uraltes Wort: ›Wer nicht gehorchen kann, der kann nicht befehlen.‹ Lerne gehorchen, damit du befehlen kannst! Und lerne es, demütig zu sein, vergiss deine Hoffart.«

»Aber, Hochwürden, wem soll ich denn gehorchen, da ist doch niemand mehr, der mir was zu sagen hätt?«

»Der liebe Gott, mein Kind.«

Wally schwieg betroffen.

»Da«, sagte der Geistliche und zog etwas aus der Tasche seines Rockes, »das heb ich schon lang für dich auf, seit du damals bei mir warst.« Er nahm aus einer Schachtel ein kunstvoll geschnitztes Heiligenfigürchen und reichte es ihr.

»Schau, das ist deine Schutzpatronin, die heilige Walburga. Weißt du noch, was ich dir erzählt hab vom harten und vom weichen Holz – und vom lieben Gott, der aus einem knorrigen Stock eine Heilige schnitzen kann?«

»Ja, ja«, sagte die junge Frau leise.

»Nun, siehst du, damit du's nicht vergisst, hab ich dir extra so ein Figürchen besorgt. Das häng über dein Bett und bet fleißig davor, das wird dir helfen.«

»Ich dank recht schön, Hochwürden«, sagte Wally erfreut und nahm das zerbrechliche Schnitzwerk behutsam in ihre Hände. »Ich will gewiss immer dran denken, wenn ich's anschau, was Sie mir damals erklärt haben.«

Als der Pfarrer fort war, ging sie in ihre Kammer und hängte die Schnitzerei zu den Heiligenbildern über ihrem Bett, die von einem Kranz Kartenblättern umgeben waren, die der Kathi gehört hatten. Anschließend machte sie einen Kontrollgang, was es in Haus und Hof zu tun gab. »Hansl«, rief sie im Vorbeigehen dem Geier zu, der auf dem Holzschuppen saß, »jetzt haben wir hier das Sagen.« Vergessen war das Versprechen, das sie dem besorgten Geistlichen gegeben hatte – zu berauschend empfand Wally nach Jahren der Unterdrückung das Gefühl, herrschen und bestimmen zu können.

Auf dem Hof hatte sich inzwischen das Gesinde versammelt – bis auf den alten Knecht und die freche Magd waren die Leute ihr alle unbekannt. Sie wusste vom Alois, dass der Vinzenz sie eingestellt hatte.

Auch ihn selbst erkannte sie inmitten der kleinen Gruppe – seine hagere Gestalt, sein gelblichblasses Gesicht, das unter den dichten schwarzen Haaren noch fahler wirkte. Am Hinterkopf bemerkte sie eine kahle, runde Stelle, die fast wie eine Tonsur aussah. Seine tückisch blickenden Augen lagen in tiefen Höhlen. Wolfsaugen, die in einem Versteck auf Beute lauerten, dachte Wally unwillkürlich.

»Was gibt's?«, fragte sie und blieb stehen.

Untertänig näherte sich ihr die Vroni, die wohl die Stellung einer Großmagd innehatte. »Wir wollten dich nur fragen, ob wir bleiben können, wo du doch jetzt die Bäuerin bist. Na ja, du weißt schon«, druckste sie verlegen herum, »ich war net grad freundlich zu dir beim letzten Mal. Aber wir haben halt tun müssen, was der Stromminger uns angeschafft hat.«

»Ihr habt nur eure Pflicht getan, auch du, Vroni«, sagte die Wally ruhig. »Ich schick keinen fort, außer er ist unehrlich oder kommt seinen

Pflichten net nach. Und im Übrigen tät es mir besser gefallen, wenn ihr das Buckeln vor mir bleiben lasst. Also, jeder geht jetzt an seine Arbeit zurück – das ist gescheiter, als hier herumzureden.«

Die Leute entfernten sich sichtbar erleichtert. Nur der Vinzenz blieb stehen und schaute die junge Bäuerin mit glühenden Augen an. Sie drehte sich nach ihm um und streckte wie zur Abwehr die Hand gegen ihn aus. »Nur einen will ich auf meinem Grund und Boden nimmer sehen, und das bist du« sagte sie.

»Wally«, rief der zurückgewiesene Verehrer, »das kannst net machen – nach allem, was ich für deinen Vater getan hab.«

»Was hast denn schon getan? Als Verwalter hast ihm geholfen, aber doch nur, damit du dich bei ihm einschmeichelst. Damit du am Ende den Hof kriegst – und mich. Aber ich will mir nix nachsagen lassen. Du bekommst die Wiesen, die an deinen Besitz stoßen, damit bist reichlich für deine Arbeit entlohnt. Und jetzt geh mir aus den Augen!«

»Ich will nix außer dir, Wally, ohne dich ist mir alles egal. Du hast mich schlecht behandelt, mich beinah umgebracht, aber ich trag's dir net nach. Du gehst mir einfach alleweil im Kopf herum, und für dich tät ich alles – sogar einen Mord würd ich begehen, wenn du's verlangst. Meine Seele gäb ich her für dich. Und da glaubst wirklich, du könntest mich mit ein paar Wiesen abspeisen? Nein, Wally, mich wirst net los – nie im Leben.« Und mit einem wilden Blick wandte sich der Gellner-Vinzenz ab und stürmte vom Hof.

Wally stand wie erstarrt da. Ihr graute vor dem Mann. Jetzt noch mehr als zuvor und in anderer Weise, denn sie hatte die Abgründe seiner unberechenbaren, unkontrollierten Leidenschaft erkannt, in der sich verzehrende Liebe mit ebensolchem Hass mischte. Mit Schaudern spürte Wally die Gefahr, die vom Vinzenz ausging. Für sie, für ihr Leben und wer weiß für wen sonst noch.

Gleichzeitig erfasste sie erneut tiefe Verzweiflung, dass der eine, den sie aus tiefstem Herzen herbeisehnte, nie kam – ja, vermutlich verloren war für sie. Vielleicht war er längst verheiratet, dachte sie, und der Atem stockte ihr vor Schreck. Unwillkürlich fiel ihr die Fremde ein, die er damals übers Hochjoch begleitet hatte.

Es musste etwas geschehen, beschloss sie. Immerhin war sie jetzt reich und angesehen und konnte es vielleicht wagen, ihm einen Schritt entgegenzukommen. Doch bei dem bloßen Gedanken sträubte sich ihr Stolz. Nein, undenkbar – nicht sie, die Walburga Stromminger, die größte Bäuerin im ganzen Tal. »Also heißt's weiter zu warten, immer nur warten«, seufzte die junge Frau, die unfähig war, über ihren Schatten zu springen.

Ruhelos ging sie ihren Pflichten in Haus und Feld nach. Woche um Woche verstrich, aber sie wurde nicht heimisch – weder im Dorf noch auf ihrem eigenen Hof. Immer wieder spürte sie, dass sie anders war als die anderen – nicht bereit, Regeln einzuhalten, und dass sie überkommene Sitten und Gebräuche lächerlich fand. Außerdem gab sie sich keinerlei Mühe, sich einzugewöhnen oder gar anzupassen, tat von sich aus nichts, mit den Leuten zumindest auszukommen. Im Gegenteil: Sie schaute auf alle herab, fand sie kleinlich und engstirnig und ließ sie ihre Verachtung deutlich spüren. Das Leben in Schnee und Eis, der Kampf mit den Elementen hatten sie endgültig hart gemacht – scheinbar verdorben für die Gemeinschaft der normalen Menschen. Den Dörflern erschien sie bisweilen wie eine Gestalt aus einer andern Welt, wie ein Fremdkörper – kaum weniger furchterregend als die seligen Fräulein, Murzolls rachsüchtige Töchter, von denen die Sagen erzählten. Trotzdem wagte niemand es, der mächtigen Höchstbäuerin zu nahe zu treten.

Wally spürte die Feindseligkeit, begegnete ihr mit einem trotzigen »Jetzt erst recht« und litt doch in manchen Stunden unter der selbst herbeigeführten Einsamkeit. Dann träumte sie tagelang melancholisch vor sich hin oder streifte ziellos in den Bergen umher. Wer sie sah, tuschelte schon schadenfroh, dass es mit dem Hof auf diese Weise nur bergab gehen könne. Tat es aber nicht, denn Wally behielt ihr Gesinde trotz solch zeitweiliger Flucht vor allen Verpflichtungen fest in der Hand. Sie behandelte ihre Leute zwar gerecht, jedoch mit unnachsichtiger Konsequenz und duldete keine Nachlässigkeiten. Bald war sie ebenso gefürchtet wie einst ihr Vater.

Trotzdem lockte sie die jungen Männer an. Nicht nur ihres Reichtums wegen – nein, sie selbst, ihre Andersartigkeit, ihr hochfahrendes, herrisches Auftreten, aber auch ihre herbe Schönheit schienen die Burschen der umliegenden Orte magisch anzuziehen. Es war fast, als betrachteten sie die stolze junge Bäuerin als eine Herausforderung, eine Art Mutprobe. Wer konnte es mit ihr aufnehmen? Wer sie vielleicht für sich gewinnen? Ihr einen Kuss abzuringen, wurde beinahe zum sportlichen Wettkampf, aber alle mussten sie klein beigeben, gedemütigt durch die Abfuhr, die ihnen erteilt worden war. Bald gab es in den Tälern ringsum keinen heiratsfähiger Burschen mehr, der nicht sein Glück bei der Wally versucht hätte. Die amüsierte sich nur darüber, blickte mit spöttischer Herablassung auf die lachhaften Bewerber und dachte heimlich voller Sehnsucht an den einen, der ihrer wert wäre. Würde er je kommen?

Wie es der Zufall wollte, belauschte sie eines Tages im Dorf ein Gespräch. Der Hagenbacher-Joseph kehre, seit seine Mutter gestorben sei, öfters im »Lamm« in Zwieselstein ein, berichtete ein Mann, der aus Sölden heraufgekommen war, und man munkle etwas von einer Liebschaft mit der hübschen Afra, die dort als Schankmädchen arbeite. Gestern erst habe er sogar mit ihr vertraulich an einem der Wirtstische gesessen. Noch manches andere erfuhr die Wally über den Joseph, von großen und von kleinen Heldentaten, vor allem was für ein toller Kerl der sei und dass es wirklich an der Zeit wäre, eine passende Frau zu suchen. Vielleicht habe er seine Wahl ja bereits getroffen. Aber verwunderlich sei doch, beendete der Mann seinen Bericht, dass dieser Teufelskerl als Einziger in der Gegend nie um die Höchstbäuerin geworben habe. Der unfreiwilligen Lauscherin trieb es bei diesen Worten die Schamesröte ins Gesicht. So weit war es also schon gekommen, dachte sie voller Bitterkeit, dass die Leute sich den Mund zerrissen, weil der Joseph sie offensichtlich verschmähte.

Sie ging ein Stück beiseite, setzte sich auf einen Stein und bedeckte das Gesicht mit beiden Händen. Ein Sturm tobte in ihrem Innern. Liebe, Bewunderung, Eifersucht! Ihr Herz war zerrissen. Sie liebte ihn – liebte ihn mit jeder Faser ihres Herzens. Verzehrte sich nach ihm mit einer glühenden Leidenschaft und verspürte zugleich eine brennende, unbestimmte Eifersucht. Bestimmt gab es da schon eine andere Frau, und vieles sprach dafür, dass es sich um die Afra handelte. Konnte das möglich sei, dass er einer Magd den Vorzug gab – vor ihr, der Höchstbäuerin? War es vorstellbar, dass der einzige Mann, der für sie zählte, ihr nicht gehören sollte? Nein, das konnte nicht sein, das war unmöglich. – »O Joseph, Joseph – komm doch zu mir«, stöhnte sie laut und warf sich mit dem Gesicht zur Erde, als wolle sie die Glut in ihrem Innern mit den taunassen Blättern lindern. Kühl strich der Abendwind über sie hin, doch auch er vermochte nicht das verzehrende Feuer, das in ihr tobte, zu löschen. Bald wurde es Nacht, und die Sterne am Himmel schauten gelassen auf die verzweifelte Gestalt herab, die da im Nachttau auf dem Boden lag und sich das Haar zerwühlte.

»Die Bäuerin ist heut Nacht wieder mal net zu Haus gewesen«, flüsterte am andern Morgen die

Großmagd dem übrigen Gesinde zu. – »Was die nur treibt?«, wunderte sich das Küchenmädchen, und alle steckten die Köpfe zusammen und begannen zu tuscheln. Um gleich darauf auseinanderzuflüchten, denn in diesem Moment trat Wally hinzu. Blass sah sie aus, aber auch streng und gebieterisch wie immer. Nein, nicht wie immer, denn von jetzt an ließ sie die anderen noch mehr spüren, wer sie war – die reiche Bäuerin, für die das Beste gerade gut genug war. Es schien, als hätte die junge Frau sich nun vollends verrannt und wäre eine Gefangene ihres eigenen Hochmuts geworden. Und das nur, weil sie sich einbildete, dem Joseph auf diese Weise vor Augen führen zu können, dass es für ihn nur eine Frau geben konnte, nämlich sie.

Wally entwickelte außerdem eine Eigenschaft, die ihr vorher völlig fremd gewesen war. Sie wurde über die Maßen eitel. Ständig ließ sie sich neue Kleider anfertigen, dazu allerlei Schmuck und wertvolles Geschnür, und kleidete sich sogar alltags, als ob sie zu einem Fest gehen wollte. Schließlich konnte es ja sein, dass der Joseph unerwartet vorbeikam! Und zur großen Fronleichnamsprozession in Sölden ging sie so prachtvoll, dass die Leute sie mit offenem Mund bestaunten und beinahe das Beten vergaßen. Wenn sie niederkniete, raschelte ihr seidenes und samtenes, mit Silber verziertes Gewand so provozierend, als wollte es sagen: »Seht her, das kann sich nur die Höchstbäuerin leisten!«

Plötzlich jedoch verging der Wally alle Prahlerei, denn sie entdeckte in der Menge der Gläubigen erst die Afra mit der Wirtin vom »Lamm« und dann, weiter hinten, unter den Männern, den Joseph.

Sie war so verwirrt, dass sie vergaß, Afras freundlichen Gruß zu erwidern. Es war nicht böse gemeint, doch als die junge Magd sie fragte, warum sie denn nicht mit ihr reden wolle, kehrte Wally gleich wieder die große Bäuerin hervor, die es nicht nötig hatte, mit einem einfachen Mädchen zu verkehren. Sie wandte sich abrupt ab und ließ die Afra, die die Welt nicht mehr verstand, verstört stehen. »Dabei hab ich doch so viele Vaterunser für sie gebetet«, schluchzte sie voller Unverständnis.

»Die Müh hättest dir sparen können – das kann ich schon selber«, herrschte Wally sie im Weitergehen an und rauschte, sobald der letzte Segen erteilt war, hoch erhobenen Kopfes davon.

»Die schaut jetzt ganz anders aus als droben auf dem Hochjoch, wo sie in einer Hundehütte gehaust hat, ungekämmt und dreckig wie eine Wilde«, sagte in dem Moment voller Bewunderung der Joseph zu seinem Nachbarn, bevor er ebenfalls den Prozessionszug verließ.

Auch Afra und die Lammwirtin machten sich auf den Weg zum Gasthaus, wo es unversehens zu einer neuerlichen Begegnung mit der Wally kam. Einer mehr als unerfreulichen, denn die eifersüchtige junge Frau hatte gesehen, wie Joseph der Afra im Weggehen freundlich zuwinkte, und die bösen Gefühle nahmen endgültig in ihr überhand. Alle Hoffnungen, die sie in den heutigen Tag gesetzt hatte, schienen zu zerplatzen wie Seifenblasen.

Doch bevor sie etwas sagen konnte, kam die andere ihr zuvor. »Höchstbäuerin, warum bist denn gar so unfreundlich mit mir. Sag, wenn ich dir etwas zuleide getan hab. Ich bin mir keiner Schuld bewusst.«

»Ja, dann denk einmal gründlich nach! Du glaubst wohl, du kannst es mit mir aufnehmen, dabei bist doch nur eine einfache Magd.«

»Ein armes Madel bin ich und mutterseelenallein auf der Welt«, brachte Afra unter Tränen hervor. »Aber ich hab keiner Menschenseele je was getan – was man von dir grad net behaupten kann.«

Wally reagierte, als habe eine Tarantel sie gestochen. »Ein armes Madel, dass ich net lach! Eine Dirne bist, eine ganz gemeine, die sich den Burschen schamlos an den Hals wirft«, schrie sie, alles um sich herum vergessend.

»Was – wem hätt ich mich bitt schön an den Hals geworfen?«, stammelte das Mädchen erbleichend.

»Willst es wissen, ja? Dem Joseph! Hast dich net vor zwei Jahren, als du ihn noch kaum gekannt hast, von ihm übers Hochjoch schleppen lassen? Hast net so getan, als wärst krank und könntest nimmer weiter, damit er dich hat tragen müssen? Und gibst zu, dass du dich seitdem an ihn hängst und ihn ganz mit Beschlag belegst? Und dass du ihn daran hinderst, sich mit Madeln abzugeben, die besser zu ihm passen täten?«

Afra schlug die Hände vors Gesicht und weinte bitterlich. »Sei ruhig, Afra«, tröstete sie die gutmütige Wirtin, »sie hat sich selber verraten. Das ist nur die Wut, weil der Joseph kein Interesse an ihr hat wie all die anderen Burschen, die sich von ihr zum Narren machen lassen. Wär er nur da, der Joseph – der tät ihr was anderes sagen!«

»Ja, das glaub ich gern, dass der seine Liebste net im Stich lässt«, höhnte die Wally, die jegliche Selbstbeherrschung verloren hatte in ihrem maßlosen Zorn. »So eine, die sich ihm gleich an den Hals wirft, ist freilich bequemer als eine, die man erst erobern muss. Aber dass der stolze Bärenjoseph lieber mit so einer anbandelt als mit der Geierwally ...!« Bedeutungsschwer hingen die Worte im Raum.

Jetzt trat der Lammwirt heran: »Hör zu«, sagte er, »jetzt reicht's! Die Afra ist ein ganz braves Madel, und ich lass nix auf sie kommen. Du nimmst jetzt deine Beleidigungen zurück. Auf der Stelle, verstehst mich?«

Da lachte die junge Bäuerin laut auf. »Lammwirt – hast du in deinem Leben schon mal gehört, dass ein Geier sich von einem Lamm herumkommandieren lässt?«

Alle lachten über das gelungene Wortspiel, auch wenn sie eigentlich nicht auf Wallys Seite standen. Die hatte jetzt genug von dem Streit und strebte einem der Wirtstische zu, während die Lammwirte die unglückliche Afra nach Hause führten, die sich von den boshaften Bemerkungen zutiefst gedemütigt fühlte. Wally schaute ihnen vom Fenster aus nachdenklich nach und konnte sich plötzlich über ihren schändlichen Auftritt gar nicht mehr recht freuen. Eigentlich hätte sie zufrieden sein müssen, dass sie's der Rivalin gezeigt hatte, aber sie war es nicht. Ihr Triumph kam ihr mit einem Mal sehr, sehr schal vor. Als dann auch noch die Suppe kalt und der Braten zu fett war, warf sie ein paar Münzen auf den Tisch und machte sich auf den Heimweg.

Zu Hause angekommen riss sie sich ihre Prachtgewänder vom Leibe, beförderte sie zerknüllt in die Truhe. Die filigrane Silberarbeit, die das Mieder zierte, fiel zu Boden, wo Wally sie wütend zertrat. Was hatte ihr das alles geholfen?! Der, den sie beeindrucken wollte, hatte sie nicht einmal beachtet.

Verzweifelt warf sie sich auf ihr Bett und haderte wieder einmal mit allen Heiligen. Ihr war, als würden scharfe Messer in ihrem Inneren wühlen, und plötzlich musste sie an die Worte des alten Pfarrers denken. Sie schaute zu seinem Geschenk empor, dem zierlichen Holzfigürchen ihrer Namenspatronin. Ob sie wohl gerade das Messer des lieben Gottes spürte, der an ihr herumschnitzte, um alles Grobe zu beseitigen? Ach was, dachte sie. Warum sollte sie überhaupt wie eine Heilige werden? Das konnte sie nicht und mochte es auch nicht. Alles, was sie erstrebte und erhoffte, war sehr, sehr weltlich: Sie wollte eine glückliche Frau werden. Josephs Frau. Und dazu konnte sie so bleiben, wie sie war. Da brauchte der Herrgott gar nicht lange an ihr herumzuwerkeln. Nach einem kurzen Anflug von Demut verfiel Wally wieder in abgrundtiefe Verbitterung und grollte aufs Neue allen Menschen und Himmelsmächten.

12

Seit jenem Tag kreisten ihre Gedanken nur noch darum, was der Joseph jetzt wohl tat, was er vorhatte und ob sie nicht doch noch an ihn herankommen konnte. Sogar den Vinzenz, dem sie die Tür gewiesen hatte, spannte sie für ihre Zwecke ein. Weil er nämlich immer gut informiert war, was im Tal so vor sich ging, bat sie ihn regelmäßig zu sich, um ihn auszuhorchen. Je unersättlicher ihre Gier nach Neuigkeiten wurde, desto mehr bemühte der andere sich, ihr gefällig zu sein und Informationen zusammenzutragen. Und weil er nicht dumm war, begriff er schnell, was sie vor allem erfahren wollte, und trug ihr immer öfter Gerüchte und angebliche Beobachtungen zu, die von einem engen Verhältnis zwischen dem Joseph und der Afra wissen wollten.

Die Nachrichten regten Wally sichtlich auf, doch der Vinzenz tat, als bemerke er es nicht. Und weil er nicht mehr in sie drang, ihn zum Mann zu nehmen, sondern sie bewusst in Ruhe ließ, glaubte er sich in Sicherheit wiegen zu können – und hoffte zudem, auf diese Weise sein Ziel doch noch zu erreichen.

Trotzdem quälte ihn nach wie vor verzehrende Eifersucht auf den Joseph. Dieser Mensch war der Fluch seines Lebens. Es gab nichts, womit der ihn nicht ausgestochen hätte: keine Heldentat, kein

Preisschießen – und nun nahm er ihm auch noch Wallys Herz weg. Vielleicht hätte sie ja sein hartnäckiges Werben sonst erhört, redete er sich ein. Vinzenz beklagte einmal mehr die Ungerechtigkeit des Schicksals, das den einen mit so reichen Gaben überschüttete, während es den anderen recht stiefmütterlich bedachte.

Eines Abends, die Wally half gerade bei der Heuernte und stand hoch erhobenen Kopfes wie eine Statue auf einem voll beladenen Wagen, kam der Vinzenz angelaufen. »Wally, du schaust aus wie die Königin Potiphar. Wenn der biblische Joseph die so gesehen hätt, wär er gewiss weniger abweisend gewesen!«

Wally wurde dunkelrot bei diesen anzüglichen Worten und sprang vom Wagen: »Solche Späße verbitt ich mir«, sagte sie energisch.

»Schon gut«, entschuldigte sich Vinzenz, »war net bös gemeint – du hast bloß so schön ausgeschaut da oben, so majestätisch. Da ist es mir einfach rausgerutscht.«

»Was gibt's Neues?«, fragte Wally, ohne weiter auf seine Äußerung einzugehen.

»Net viel«, bekam sie zur Antwort, »nur dass der Hagenbacher angeblich an Peter und Paul mit der Afra zum Tanz in Sölden gehen will. Jemand hat mitbekommen, dass das Mädchen sich extra neue Schuhe und ein seidenes Halstuch gekauft hat. Der Joseph soll übrigens beides bezahlt haben.« Wally biss die Lippen zusammen und sagte kein Wort, aber der Vinzenz sah sehr wohl, was in ihr vorging.

»Weißt was?«, meinte ihr verschlagener Begleiter, »bei uns im Dorf geht's doch auch hoch her an Peter und Paul, und wenn die Höchstbäuerin dazukäme, das gäb ein richtiges Fest. Magst net mit mir zum Tanz gehn?«

Wally warf den Kopf in den Nacken: »Meinst etwa, mir wär besonders nach Tanzen zumute?«

»Geh, Wally«, drängte Vinzenz sie, »tu's doch mal, und wenn's nur wegen der Leut ist.«

»Nach denen werd ich erst recht nicht fragen«, gab sie verächtlich zurück.

»Aber denk dran, was man so munkelt ...«

Er stockte, und Wally blieb stehen. »Was wird gemunkelt?«

Vinzenz erschrak angesichts des durchbohrenden Blickes, mit dem sie ihn bedachte. »Ich mein nur, es heißt, du hättest einen geheimen Kummer. Die Großmagd, die Vroni, behauptet gar, du kämst ganze Nächte net nach Hause und sähest aus wie ein krankes Huhn. Und weil's dir sonst an nix fehlt, denken alle, das könnt nur Liebeskummer sein. Und seit der Geschichte bei der Fronleichnamsprozession ...«

»Weiter!« Wallys Stimme klang tonlos.

»Seit damals reimt man sich halt zusammen, dass der Joseph der einzige Bursche ist, den du magst – der dich aber net will.«

Bei diesen Worten schossen Blitze wie tödliche Waffen aus ihren Augen. Die junge Frau fühlte sich getroffen bis ins Mark. Sie musste stehen bleiben und die Stirn an einen Baumstamm lehnen, so pochte das Blut in ihren Schläfen.

»Wenn das wahr ist, wenn man mir das nachsagt …«, stöhnte sie.

Vinzenz ließ ihr Zeit, zu Atem zu kommen. Er wusste nur zu gut, wie sehr seine Bemerkungen ihren unbändigen Stolz verletzt haben mussten, und suchte die Sache zu seinen Gunsten auszunutzen. »Schau, deswegen mein ich halt, du sollst mit mir zum Tanz gehen, das wär das beste Mittel, den Leuten die Mäuler zu stopfen.«

Wally richtete sich auf. »Ich geh mit keinem Burschen zum Tanz, außer ich will ihn auch heiraten.«

»Denk doch mal nach, ob du net lieber den Gellner heiratest, als wegen dem Hagenbacher, der dich verschmäht, eine alte Jungfer zu werden«, stachelte er weiter.

Wally sah ihren hartnäckigen Verehrer mit neu erwachtem Widerwillen an. »Jetzt hörst endlich auf! Du weißt doch, dass alles Reden dir nix nützt.«

»Wally, ich frag dich zum letzten Mal – kannst dich wirklich net an den Gedanken gewöhnen, mich zum Mann zu nehmen?«

»Nie und nimmer – eher will ich sterben!«

Auf den Wangenknochen in Vinzenz' gelbem Gesicht bildeten sich weiße Flecke, sodass er fast einem Geier ähnelte, zumal er jetzt auf Wally herabblickte wie auf eine wehrlose Beute. »Es tut mir leid, Wally«, sagte er mit falschem Mitleid und in einem unehrlichen Ton, »aber ich muss dir was sagen, was ich dir lieber erspart hätt. Doch du zwingst mich geradezu.« Bei diesen Worten zog er ein beschriebenes Blatt aus der Tasche: »Es jährt sich bald, dass dein Vater gestorben ist – und auf diesem Zettel hat er eine Verfügung hinterlassen. Du musst mich binnen Jahresfrist heiraten, denn sonst verlierst deinen Anspruch aufs Erbe. Dann bist nimmer Bäuerin auf dem Höchsthof.«

Wally sah ihn mit großen Augen an.

Vinzenz entfaltete das Papier. »Das ist das Testament von deinem Vater, darin bestimmt er, dass in dem Fall der Hof mit allem Drum und Dran mir gehört – und du bekommst dann nur dein Pflichtteil. Mit der mächtigen Bäuerin hat's dann ein End, ein für alle Mal«, sagte er mit hämischer Schadenfreude. »Bis jetzt weiß noch niemand von der Geschichte. Da wär's für dich schon günstiger, endlich nachzugeben. Denk mal drüber nach! Sonst geh ich nämlich aufs Landgericht und lass das Testament vollstrecken. Ich weiß net, ob dir das gefallen würd. Ganz zu schweigen von dem Gerede, das es dann gibt.«

Wally blieb stehen und musterte den Vinzenz von oben herab mit tödlicher Verachtung. »Was bist du doch für ein armseliger Tropf! Meinst, dass du mich in diesem Netz fangen kannst? Das schaut dir ähnlich, dir und dem Vater, aber ihr habt die Rechnung ohne mich gemacht. So schlecht kennt ihr mich, dass ihr glaubt, ich würd mich durch Geld und Besitz zwingen lassen! Am Montag pack ich meine Sachen und geh wieder fort, denn dein Gast will ich gewiss net sein – keine Stunde lang. Wenn's mir auch wehtut um den Hof, so war ich hier als Bäuerin auch nicht glücklicher als oben auf dem Joch. Das Beste wird sein, ich geh ganz weit fort, wo mich niemand kennt. Es spielt ohnehin keine Rolle, denn fremd bin ich hier wie dort.«

Sie wandte sich ab, doch da packte sie der Vinzenz am Arm, hielt sie zurück. »So hab ich's doch net gemeint. Warum willst denn weg? Heiraten sollst mich! Was tu ich denn mit dem Hof ohne dich – ich hab schließlich selbst einen«, beschwor er sie und zerriss vor ihren Augen die väterliche Verfügung. »Ich will nix, gar nix – Hauptsache, du bleibst. Nimm mir doch net alle Hoffnung.«

Wally sah ihn erstaunt an. »Du tust mir leid, Vinzenz – und ich kann dich verstehn, weil's mir ja ähnlich geht. Aber helfen ..., nein! Du musst schon allein damit zurechtkommen. Behalt den Höchsthof und alles, was dazugehört – schließlich hat der Vater es so bestimmt, und das bleibt auch ohne den Zettel so. Mir ist hier ohnehin alles verleidet – auf was soll ich noch warten! Die Menschen im Dorf taugen net für mich, genauso wenig wie ich für sie. Ich nehm meinen Hansl und geh. Am besten wieder in die Berge, wo ich am besten hinpass, wie mir scheint. Aber wenn ich dich um eins bitten darf: Schweig drüber, dass der Höchsthof nimmer mir gehört, denn nix kann ich weniger ertragen, als dass die Leut mir schadenfroh hinterherschauen, wenn ich von meinem Erbe und Eigentum geh. Ich will wenigstens noch als Bäuerin den Hof verlassen. Sie sollen alle denken, ich tu's aus freien Stücken.«

Genau in diesem Moment tauchte ein Mann auf, der Botengänge zwischen den Orten des

Ötztals erledigte. An diesem Tag war er festlich gekleidet und schaute fast wie ein Hochzeitslader aus. Als Vinzenz ihn sah, lachte er gellend auf und rief anzüglich: »Der will dich bestimmt zur Hochzeit vom Joseph und der Afra einladen.«

Wally schaute ihn sprachlos an, doch da war der Bote bereits heran, zog seinen Hut vor ihr und trug sein Sprüchlein vor. »Grüß Gott, Höchstbäuerin! Der Joseph Hagenbacher schickt mich und lässt dich freundlich zum Tanz bitten am Peter- und Paulstag. Wenn's dir recht ist, will er um Mittag kommen und dich abholen. Ich soll ihm deine Antwort bringen.«

Tat sich in dem Augenblick für die junge Frau der Himmel auf, so war es für Vinzenz die Hölle.

Also war das alles mit der Afra nicht wahr, dachte Wally. Er kam zu ihr – nach fünf quälenden Jahren des Wartens! Das Wort, auf das sie so lange gehofft hatte, es war ausgesprochen, und ein jeder konnte es hören. Hallte es nicht schon in den Lüften wider? Trug der Wind es nicht bereits durchs ganze Tal? Der Bärenjoseph lud die Geierwally zum Tanz. Endlich, endlich kam zusammen, was zusammengehörte. Fast wie eine Madonna lächelte die schöne, stolze Höchstbäuerin jetzt und sagte dem Boten fast schüchtern, dass sie den Joseph erwarte.

Währenddessen lehnte Vinzenz stumm an einem Baum – das fahle Gesicht noch bleicher als sonst, die Züge verzerrt. Ein Gespenst der Vergangenheit. Wally streifte ihn mit einem kurzen mitleidigen Blick, bevor sie zum Haus eilte. Jetzt vermochte ihr niemand mehr etwas anzuhaben – kein toter Vater, kein verschmähter Liebhaber, keine schadenfrohen Nachbarn. Und sie spürte den unwiderstehlichen Drang, an ihrem Glück auch andere teilhaben zu lassen. Gutes zu tun, Bedürftigen zu spenden. Denn selbst wenn sie nur ihr Pflichtteil bekäme, so war das immer noch ein gewaltiges Vermögen.

Die folgenden zwei Tage bis zu Peter und Paul waren ein Märchen für das ganze Dorf. Niemand kannte die Geierwally wieder. Wie ein mildtätiger Engel schwebte sie durch die Straßen, suchte die Hütten der Armen, Kranken und Bedürftigen auf. Wo war ihr Hochmut geblieben? Ihre Selbstgerechtigkeit und ihre Härte? Ihr trotziges, aufbrausendes Benehmen? Alle in ihrer Umgebung, die die einflussreiche Bäuerin gefürchtet hatten, atmeten auf. Und da sie des Öfteren durchblicken ließ, was der Grund ihrer Freude war, kannten bald alle den Grund ihres Sinneswandels.

Manchmal allerdings saß Wally auch still in ihrer Kammer, tat stundenlang nichts anderes, als darüber nachzudenken, warum der Joseph sich so plötzlich ihr zugewandt hatte, obwohl bis dahin doch alles schiefgelaufen war. Im hintersten Winkel ihres Herzens traute sie sich noch nicht, wirklich an das unverhoffte Glück zu glauben. Dann wieder spürte sie nichts als Erleichterung, lachte zu den Heiligen über ihrem Bett empor und dankte ihnen. Und den Schicksalskarten der alten Kathi rief sie spöttisch zu: »Na, was sagt ihr jetzt? Gell, ihr habt halt doch nix Gescheites gewusst.«

Und betrachtete sie wie gebannte Geister, die ihre Zukunft nicht mehr verdüstern konnten. Wieder einmal sollte sie sich täuschen.

Endlich war es so weit. Am Peter- und Paulstag ging Wally nach dem Essen in ihre Kammer, um sich sorgfältig und nach allen Regeln der Kunst schön zu machen. In diesem Moment war sie nichts anderes als ein verliebtes Mädchen oder eine erwartungsvolle junge Frau. Stundenlang stand sie vor dem Spiegel, probierte dieses und jenes, drehte und wendete sich, wie sie dem Joseph wohl am besten gefallen würde. Prachtvoll sah sie aus, denn sie hatte für ihr Mieder eigens ein neues silbernes Geschnür bestellt, das noch kostbarer, noch aufwändiger war als das vorherige und leise klingelte wie Hochzeitsglöckchen.

Sie war sich ihrer Sache so sicher, dass sie sogar Geschenke für den Joseph besorgt hatte. Eine schwere, mit Silber beschlagene Meerschaumpfeife, wie sie sonst niemand in der Gegend besaß – und einen Ring. Mit diesem hoffte sie den Mann ihres Herzens für immer an sich binden zu können. Sie umschloss das Schmuckstück mit ihren gefalteten Händen, und zum ersten Mal seit langer Zeit beugte sie ihre Knie, um zu beten. So heiß und inbrünstig, wie sie es seit ihrer Kindheit nicht mehr getan hatte.

Während draußen im Dorf die festtäglich gekleideten Menschen schon zum Gasthaus strömten, wartete Wally in ihrer Kammer. Schon zogen die Bauern zum »Hirschen«. Was Füße hatte und einen Sonntagsanzug, das lief heute mit, denn das ganze Dorf war gespannt auf das große Ereignis, wenn die Höchstbäuerin mit dem Hagenbacher zum Tanz ging. Die Straße wimmelte von Menschen, und der Hirschwirt hatte sich diesmal was nicht lumpen lassen und Musikanten aus der Landeshauptstadt kommen lassen.

Die Großmagd hatte sich oben am Dachfenster aufgestellt und überblickte den ganzen Weg, den der Joseph heraufkommen musste. Währenddessen blieb die Wally in ihrem Zimmer, mit klopfendem Herzen und glühenden Wangen. Hin und wieder tastete sie nach der Pfeife und dem Ring in ihrer Tasche. Es waren die längsten Minuten ihres Lebens.

»Sie kommen, sie kommen«, schrie jetzt die Vroni von ihrem Ausguck herunter! »Es ist ein ganzer Zug. Der Joseph und andere Burschen, aus Sölden und aus dem ganzen Tal.«

Alle liefen erwartungsvoll auf dem Hof zusammen, denn diese Begegnung zwischen dem Joseph und der Wally galt als Sensation, die niemand verpassen wollte. Als die junge Bäuerin in ihrem prachtvollen Aufzug aus der Tür trat, wurden allerseits Bewunderungsrufe laut. Und unter dem Hoftor stand wartend der Joseph. Sie ging ihm entgegen, in gleicher Weise selbstbewusst wie sittsam, fast wie eine Braut am Tag ihrer Hochzeit.

»Joseph – da bist ja«, sagte sie mit einer Stimme, die ganz weich und lieblich klang wie die eines schüchternen Mädchens. Und der junge Mann betrachtete sie ebenfalls mit ungewohnter Scheu, bevor er die Augen niederschlug.

Beide schwiegen eine Weile, und ihre Verlegenheit war deutlich zu spüren. Endlich bot er ihr seine Hand, sagte »Komm« und führte sie ohne weitere Worte auf den Weg zum Gasthaus. Wally befiel mit einem Mal ein eigenartiges Gefühl. Es war ihr, als würde sich ein Schatten auf ihre Seele legen und ihr Glück verdunkeln. Sie war verwirrt, denn alles lief so ganz anders ab, als sie es sich in ihren Träumen ausgemalt hatte, doch entschlossen schob sie das Unbehagen beiseite. Nichts sollte diesen lang herbeigesehnten Tag trüben.

Als sie das Gasthaus zum Hirschen betraten, empfing sie die Kapelle mit einem schmetternden Ländler, und Wally hörte die bereits anwesenden Gäste tuscheln, ein schöneres Paar als sie und den Joseph gebe es nirgends auf der Welt. Sie fühlte sich geschmeichelt und bestätigt zugleich. Hatte sie es nicht immer gesagt oder zumindest gedacht?

Sie schaute sich im Raum um. Viele Freunde des Jägers entdeckte sie – und auch sämtliche Verehrer, die sie abgewiesen hatte. Aber war sie nicht im Recht gewesen? Nicht einen sah sie darunter, der sich mit dem Joseph vergleichen konnte. Königlich schien er die einfachen Bauernsöhne zu überragen an Gestalt und Ansehnlichkeit – ein Mensch ganz andern Schlages, herausragend und irgendwie auserwählt.

Noch jemand musterte den Joseph eindringlich – allerdings nicht voller Freude, sondern hasserfüllt. Wie Dolche bohrten sich die stechenden Blicke des Gellner-Vinzenz in die Gestalt des Mannes, dem er niemals würde das Wasser reichen können. Und auch ein anderer beobachtete die Szene, allerdings mit entsagungsvoller Traurigkeit. Es war der Benedikt Klotz, der die Wally so gerne zu seiner Frau gemacht hätte. Als sie an ihm vorüberging, hielt er sie kurz am Ärmel zurück und flüsterte ihr zu: »Nimm dich in Acht, Wally – sie führen was gegen dich im Schild. Ich weiß net was, aber mir schwant nix Gutes!« Doch die junge Frau zuckte im Überschwang ihrer Gefühle nur die Schultern. Wer sollte ihr schon was anhaben können, wenn der Joseph an ihrer Seite war. Die sonst so vorsichtige, misstrauische Wally war heute ganz und gar arglos.

Die Reihen stellten sich zum Tanz auf. Keine Frage, dass die beiden den Anfang machen sollten. Sie hoben sich aus der Menge ab, ihnen gebührte der Vorrang – aber sie ernteten auch viele neidische Blicke.

Plötzlich ließ Joseph seine Partnerin los, trat fast feierlich vor sie hin, und wie auf ein Kommando verstummte die Musik. »Wally«, sagte er so laut, dass alle es hören konnten, »ich hoff doch, dass ich mir vor dem Tanz den Kuss erobern kann, den du bisher jedem Verehrer verweigert hast.«

Die junge Frau errötete und antwortete leise und fast verschämt: »Aber doch net hier, so vor allen Leuten!«

»Grad hier, wo alle es sehen«, forderte Joseph nachdrücklich.

Wally war verwirrt, verstand die Sache nicht. Verlegenheit überkam sie. Was wollte der Joseph damit bezwecken? Einen Mann in aller

Öffentlichkeit zu küssen, das bedeutete für sie eine schwere Überwindung. Schließlich hatte sie keinerlei Erfahrung, wie man sich als verliebtes Paar verhielt. Denn daran glaubte sie noch fest, obwohl ihr Josephs Ansinnen immer merkwürdiger erschien.

Aber sie überwand sich und hob dem Mann, auf den sie so lange gewartet hatte, ihr Gesicht entgegen – bereit, seinen Kuss zu empfangen. Doch der schob sie mit einer unwillkürlichen Bewegung von sich weg. »Nein, so net! Ich bin ein Jäger, und wie der um seine Beute kämpft, so will ich dir den Kuss abringen. Eine Trophäe soll er sein. Geschenkt will ich nix! Wehr dich, Wally, und mach's mir so schwer, wie du's allen andern gemacht hast. Sonst bedeutet es keine Ehre für mich.«

Eine flammende Röte der Scham überzog ihr Gesicht, und wie Schuppen fiel es ihr von den Augen, was hier gespielt wurde. Davor hatte Benedikt, der es immer nur gut mit ihr meinte, sie warnen wollen. Und sie hatte in ihrer Verliebtheit nicht sehen wollen, was doch so offensichtlich war. Darum also hatte der Joseph sie zum Tanz geladen, um sie vor allen zu demütigen. Alles Sanfte, Weiche fiel von ihr ab, und da war sie wieder – die Geierwally, die hochfahrende Strommingerin, die sich von niemandem in die Knie zwingen ließ. Sich zu ihrer ganzen Größe aufrichtend, maß sie den Mann, der vor ihr stand, mit einem vernichtenden Blick. »Das kannst haben«, rief sie, »du wirst schon sehen, mit wem du's zu tun hast. Jetzt schau, ob du dir einen Kuss eroberst!«

Sie kehrte die Überlegene, die Abweisende heraus, doch innerlich war ihr zum Weinen, zumal der Joseph ihr jetzt auch noch verletzende Worte entgegenschleuderte. »Schön bist – aber mindestens ebenso bös«, rief er und sprang auf sie zu wie der Jäger auf ein Wild, dem er den Genickschuss geben will. Mit festem Griff umschlang er ihren Nacken, doch Wally mobilisierte alle ihre Kräfte und riss sich los. Ein schadenfrohes Gelächter erhob sich ringsum, das Josephs Zorn erst recht anstachelte. Wieder und wieder versuchte er, das Mädchen festzuhalten und seine Beute zu machen, doch Wally bog sich schlangengleich und schaffte es immer wieder, ihrem Angreifer zu entwischen. Von ihrem prachtvollen Gewand war nicht mehr viel übrig geblieben. In Fetzen hingen die Ärmel herunter, zerrissen waren der Rock und das kostbare Geschnür am Mieder.

Plötzlich kam sie los, wollte zum Ausgang fliehen, doch Joseph holte sie ein und zog sie heftig an sich. Nichts als Zorn lag in dieser Umarmung. Wie heißer Dampf hüllte sie sein Atem ein. Zwar lag sie an seiner Brust, fühlte sein Herz gegen das ihre schlagen, aber wie anders hätte das aussehen sollen. Das hier war falsch, völlig falsch. Mit leisem Schluchzen sank sie in die Knie und flüsterte: »Da hast mich.« In diesem Moment fühlte sie nichts als Scham und Erniedrigung.

Doch es sollte noch schlimmer kommen. »Na endlich«, sagte der Joseph und drückte seinen Mund auf ihre heißen Lippen. »Ihr habt's alle gesehn?«, rief er in die Runde, worauf ein vielstimmiges Hurra ertönte. Jetzt feierten sie ihn wieder, ihren Helden des Tals. Der aber zog die Wally hoch und hielt sie ein Stück von sich weg. Seine Haltung drückte unverhohlene Genugtuung aus. »So, das war's dann wohl. Das reicht, denn meine Trophäe hab ich mir geholt. Du weißt jetzt, dass du gegen mich nix ausrichten kannst. Mehr will ich net von dir.«

Wally starrte ihn an, als würde sie nicht begreifen. Und obwohl sie es doch längst wusste, dass sie Opfer eines bösen Streiches geworden war, gab sie sich eine weitere Blöße. »Joseph«, stammelte sie, »warum bist denn dann zu mir gekommen?«

»Hast dir etwa eingebildet, ich hätt um dich werben wollen?« Der junge Mann brach in ein höhnisches Lachen aus, das Wally tief ins Herz schnitt. »Nein, Wally, das war nur die Retourkutsche für dein überhebliches Gerede auf der Fronleichnamsprozession – dass der Bärenjoseph wohl nicht die Courage hätt, es bei der Höchstbäuerin zu probieren. Und dann hast auch noch die Afra schlechtgemacht, hast sie verleumdet, sie würd sich den Burschen an den Hals werfen. Glaubst denn du, dass ein Kerl, der Ehre im Leib hat, so was auf sich und einem braven Madel sitzen lässt? Das zudem so gutmütig ist, dich auch noch in Schutz zu nehmen. Nix da. Ich hab dir zeigen wollen, dass ich's mit dir ebenso gut aufnehmen kann wie mit einem Bären oder jedem anderen Untier.«

Während sich erneut schallendes Gelächter erhob und der Joseph an der Spitze der anderen Burschen den Saal verließ, blieb Wally wie betäubt eine Weile reglos stehen – unfähig zu begreifen, was da wirklich geschehen war, was man ihr angetan hatte. Alle hatten sich von ihr abgewandt, mit Ausnahme des Vinzenz und des Benedikt.

Während der eine sie teilnahmslos mit untergeschlagenen Armen beobachtete, trat der andere zu ihr hin, fasste sie liebevoll am Arm. »Wally – nimm dir's net so zu Herzen – wir Brüder sind auch noch da und tun alles, um dir Genugtuung zu verschaffen. So red schon: Was sollen wir tun – sag nur, was du verlangst.«

Endlich regte sie sich, und ein unheimlicher Ausdruck trat auf ihr Gesicht. Jeder erkannte, dass die erlittene Demütigung in abgrundtiefen Hass umzuschlagen begann. Sie öffnete und schloss ein paarmal die Lippen, als fiele es ihr schwer, Worte zu formen.

Und dann brachte sie ihn endlich heraus, diesen schrecklichen Satz, den nie ein Mensch sagen sollte und der nicht ungeschehen zu machen war: »Tot will ich ihn sehen!« Es war wie der Fluch einer verirrten Seele.

Benedikt fuhr zusammen, wich unwillkürlich zurück vor ihr. »Wally – Gott bewahr dich! So etwas darfst net einmal denken!«

Vinzenz jedoch trat mit boshaft funkelnden Augen auf sie zu: »Wally, ist das dein Ernst?«

»Ja«, sagte sie dumpf, als wisse sie nicht, was sie da sagte. Und dann machte sie alles nur noch schlimmer: »Wer mich auf diese Weise rächt, den will ich heiraten – so wahr ich Walburga Stromminger heiße!«

13

Alle schliefen in dieser Nacht tief und fest auf dem Höchsthof. Nur eine nicht, die Bäuerin. Ohne Unterbrechung ging sie stundenlang mit dröhnenden Schritten in ihrer Kammer auf und ab und versuchte die Ereignisse des Tages zu überdenken. Ihre Welt war zerbrochen, ihr Herz ebenso zerrissen wie ihre Kleider. Was war noch übrig von der stolzen Geierwally?

In ohnmächtiger Wut hatte sie sogar die Heiligen und den gekreuzigten Christus von der Wand gerissen und zertreten. Eine flackernde Kerze beleuchtete den zerbrochenen Christuskopf am Boden, und in den Schatten schienen sich seine Züge zu verzerren.

Wally unterbrach ihre ruhelose Wanderung, blieb bei den Trümmern stehen und stieß gotteslästerliche Worte hervor. »Ja, grins du nur – du hältst mich nimmer zum Narren. Keiner von euch! Götzenbilder seid ihr, aus Holz und Papier gemacht, die keinem helfen können! Ihr hört doch sowieso kein Gebet und keine Verwünschung. Und die, die ihr darstellen sollt, stecken Gott weiß wo und lachen uns aus, weil wir vor einem Stück Holz niederknien.«

Plötzlich fiel in der Ferne ein Schuss und riss sie aus ihren bösen Gedanken. Sie blieb stehen und horchte, doch alles war still. Hatte sie sich getäuscht? Ein unbehagliches Gefühl beschlich sie, und sie musste an ihre unselige Verwünschung denken und an Vinzenz' beflissenen Eifer. Hatte der etwa Ernst gemacht und gerade den Joseph erschossen? Auch wenn sie sich einredete, dass dies alles Unsinn sei, ein Produkt ihrer überreizten Fantasie, so wurde sie den Gedanken nicht mehr los. In namenloser Qual schlug sie den Kopf gegen die Wand. Wie hatte sie diese schrecklichen Worte nur aussprechen können!

Ein zweiter Schuss bestätigte ihre düsteren Befürchtungen, denn sie erkannte, dass er aus Richtung Zwieselstein kam. Zentnerschwer lastete das Verhängnis, das sie mutwillig heraufbeschworen hatte, jetzt auf ihrer Seele. Ach, wenn sie doch nur etwas zurücknehmen und ungeschehen machen könnte!

Eine lähmende Angst packte sie. Nein, was sie da eben dachte, das durfte nicht wahr sein. Wie hatte sie ihm nur den Tod wünschen können. Es war, als würde ihr ganzes Herz abgeschnürt, sodass kein Tropfen Blut es mehr erreichte. Verzweifelt rang sie nach Luft. Sie musste hinaus, um freier zu atmen – und um ihn zu suchen. Wollte ihm sagen, dass all das Grässliche, was sie gesagt hatte, nicht ernst gemeint war. Sie warf ein Tuch über und eilte hinaus über den Hof, durch die Gärten zum benachbarten Hof der Gellners.

In Vinzenz' Kammer zu ebener Erde brannte Licht – sie schlich sich heran, um durch die geschlossenen Vorhänge hindurchzuspähen. Der Atem stockte ihr, denn der Raum war leer. Immer mehr wurde es ihr zur Gewissheit, dass ihre bösen Ahnungen sie nicht getrogen hatten. Sie ging ums Haus, fand die Tür unverschlossen. Leise öffnete sie sie und trat ein – alles still und wie ausgestorben. Sie schlich durch die leeren Zimmer, doch der Vinzenz war nicht zu finden. Sogar in seiner Schlafkammer schaute sie nach, sah dort die Sonntagskleidung hängen, nicht aber die Sachen, die er bei der Arbeit trug. Dann ging sie in die Wohnstube, wo normalerweise sein Gewehr an der Wand hing. Nichts.

Eiseskälte durchrieselte sie, lähmte ihre Glieder. Schwerfällig stolperte sie aus dem Haus, setzte sich draußen auf eine Bank, denn ihre Füße trugen sie kaum noch. Vergeblich versuchte sie sich zu beruhigen, dass es für all das eine harmlose Erklärung gäbe, doch sie wusste insgeheim, dass es nicht stimmte, dass sie selbst das Unglück heraufbeschworen hatte.

Sie begrub ihr Gesicht in den Händen: »Wally, Wally, was ist aus dir geworden!« Jetzt hatte sie auch noch das Leben eines Menschen auf dem Gewissen, und keine Macht der Welt und des Himmels würde sie freisprechen können. Nein, auf Vergebung durfte sie nicht hoffen. Sie konnte nur sühnen. In der Ferne hörte sie die Ache rauschen. Ja, dachte sie, die konnte alles hinwegspülen – ihre Schuld und ihr Leid und sie selbst. Dann wäre er endlich vorbei, der ganze Kampf. Nur im Tod konnte sie Erlösung finden. Wozu warten?

Während sie immer mehr in fruchtloses Grübeln versank, hörte sie plötzlich hinter sich

Schritte, und der Vinzenz stand vor ihr. Gott sei Dank, dachte sie einen Moment. Jetzt konnte sie ihn noch von dem letzten Schritt abhalten. Doch ein Blick in sein bleiches Gesicht und auf das Gewehr über seiner Schulter sagte ihr, dass es bereits zu spät war.

»Vinzenz«, flüsterte sie leise, »hast du geschossen? Ich hab zwei Schüsse gehört.«

»Ja«, antwortete er tonlos.

»Wo denn?«

»In der Ache liegt er.« Seine Stimme war kaum noch zu vernehmen.

Wally packte ihn am Arm, ihre Augen starrten ihn an wie im Irrsinn. »Wer?«

»Fragst noch?«

»Der Joseph?«, schrie die Wally und taumelte zurück.

»Du hast's doch so gewollt. Ich hab kaum geglaubt, dass ich ihn so schnell erwisch. Der Teufel mag wissen, warum der sich mitten in der Nacht noch herumgetrieben hat. Eigentlich wollt ich ihm morgen früh in Sölden auflauern, aber da läuft er mir direkt in die Arme. Weil's noch finster war, hat ihn die erste Kugel verfehlt und die zweite ihn nur gestreift. Doch weil er grad auf dem Steg über die Ache war, ist er ins Stolpern gekommen und hat sich am Geländer abstützen müssen. Da bin ich schnell hinzu und hab ihn runtergestoßen.« Aus Vinzenz' Schilderung klangen keinerlei Zweifel, nicht in Wallys Sinne gehandelt zu haben. »Siehst, ich tu alles für dich«, fügte er stolz hinzu und hoffte wohl auf den versprochenen Lohn.

Umso erstaunter musste er erleben, wie Wally völlig außer sich geriet, wild schluchzte und ihn mit Beschimpfungen überhäufte. Sie warf sich auf ihn, packte ihn mit beiden Händen am Hals.

»Du lügst – Vinzenz, du lügst! Sag, dass es net wahr ist.«

»Bei meiner Seele, glaubst du etwa, der Vinzenz besinnt sich lang, wenn er dir einen Gefallen tun kann?«

»Ein Mörder bist, ein feiger Meuchelmörder«, schrie die junge Frau ihn an, und ihr ganzer Körper bebte. »Einfach hinterrücks und heimtückisch jemanden umbringen, das hat keiner verdient. Und außerdem hättest wissen müssen, dass ich nix von meinen Worten ernst gemeint hab. Gar nix von alldem hab ich wollen. Es war doch nur im Zorn dahergesagt. Trotzdem kann ich von meiner Schuld nie und nimmer reingewaschen werden, aber du bist verflucht für alle Ewigkeit.«

»Also, das ist nun der Dank«, knirschte Vinzenz zwischen den Zähnen hervor. »Du hast es mir direkt aufgetragen.«

»Ich war verletzt, gedemütigt und hab schlimme Dinge gesagt. Aber hättest du's tun müssen? Keinen Tag hast gezögert. Gib zu, die Geschichte hat dir doch richtig in den Kram gepasst. Wolltest gar net abwarten, ob ich vielleicht zur Besinnung komm und alles zurücknehm. Nein, dich hat die Bosheit getrieben – weilst geglaubt hast, dass du dann endlich ans Ziel kommst.«

»Schieb nur alles auf mich. Das ändert nix, aber rein gar nix an deiner Schuld.«

»Ja«, sagte Wally, »das weiß ich, und ich werd dafür büßen. Für uns zwei gibt's kein Erbarmen.« Sie fasste den Vinzenz am Kragen und zog den Willenlosen mit sich fort die Anhöhe hinauf bis zu dem Steg, wo tief unten die Ache rauschte. »Das ist unsere Sühne«, raunte sie ihm ins Ohr. »Da hinunter stürzen wir uns – wir zwei miteinander!«

»Jesus Maria, was redest denn da!« Panik hatte Vinzenz gepackt angesichts von Wallys unerbittlicher Entschlossenheit. »Ich mag net mit dir sterben, leben wollt ich mit dir, dich heiraten. Das hast es mir versprochen, wenn ich den Joseph aus dem Weg schaff – und jetzt magst mich zum Dank umbringen.«

Wally stimmte ein irres Hohngelächter an. »Du Narr, was willst eigentlich? Wenn wir beide uns da hinunterstürzen, sind wir vereint auf immer und ewig«, sagte sie und versuchte ihn in die dunkle Tiefe zu stoßen.

»Hilfe!«, schrie der Vinzenz unwillkürlich auf – und »Hilfe« tönte es plötzlich wie ein geisterhaft schwaches Echo von unten herauf.

Wally ließ von ihrem Opfer ab und lauschte angestrengt. Was war das? Der Ruf eines menschlichen Wesens? Oder hatte ein Spuk sie genarrt? »Hast es auch gehört?«, fragte sie.

»Es war nur ein Echo.« Dem Vinzenz klapperten die Zähne vor Angst, sodass er kaum sprechen konnte.

»Still! Da ist wieder was!«

»Hilfe!«, drang ein schwacher Ruf aus dem Abgrund herauf.

»Alle guten Geister, er lebt – er hängt irgendwo. – Ja, ich komm schon, Joseph. Halt durch, wart auf mich«, schrie Wally aus Leibeskräften in die Schlucht hinab, dass es von den Wänden widerhallte. Dann rannte sie ins Dorf, um Unterstützung zu holen, denn allein konnte sie die Rettung nicht bewerkstelligen.

Schreiend schlug sie an alle Türen. »Hilfe! Kommt helfen! Jemand ist verunglückt und in die Schlucht gestürzt. Es geht um Leben und Tod.«

Nicht lange, und überall öffneten sich Fenster und Türen, aus denen verschlafene Gesichter neugierig herausschauten. »Was ist passiert?«

»Der Hagenbacher-Joseph ist beim Steg in die Ache gestürzt. Schafft Seile herbei, so viel ihr könnt. Und schnell, ganz schnell – sonst ist's vielleicht zu spät.«

Wie der Wind eilte sie anschließend zum Höchsthof, um auch dort Alarm zu schlagen und alles zusammenzuraffen, was für die Rettungsaktion nützlich sein konnte. Mit zitternden Händen knüpfte sie allerlei Seile und Stricke zusammen, um jedoch festzustellen, dass es nie im Leben langen würde, um sich damit bis auf den Boden der Schlucht hinabzulassen. Gott allein mochte wissen, wo er überhaupt lag.

Indessen kamen die Männer aus dem Dorf angerannt, halb ungläubig, halb entsetzt angesichts der schrecklichen Nachricht, und schleppten Stricke und Haken sowie Laternen herbei, denn ohne Licht würde man in der Finsternis nichts ausrichten können. Die Stimmen schwirrten umher,

Ratlosigkeit herrschte, wie man überhaupt vorgehen sollte, denn einen solchen Fall hatte es seit Menschengedenken nicht mehr gegeben. Zudem ergriff alle das Grauen, als sie an der Unfallstelle anlangten und in die Schlucht blickten, in der wabernde Nebel jegliche Sicht versperrten.

»Joseph, wo bist du? So antworte doch«, rief Wally gellend in die Tiefe, doch alles blieb still. Neue Verzweiflung überfiel sie – und dazu dieses schreckliche Wissen um ihre Schuld.

»Er antwortet nimmer – er ist bestimmt tot«, schluchzte sie und warf sich verzweifelt zu Boden. »Jetzt ist alles vorbei!«

Niemand fragte sie, was sie damit meinte. Niemand schien sich über die seltsamen Hintergründe dieser Rettungsaktionen zu wundern oder zu argwöhnen, dass es bei dem Unglück nicht mit rechten Dingen zugegangen sein könnte. Oder traute sich niemand, der mächtigen Höchstbäuerin Böses zu unterstellen?

»Vielleicht ist er nur so schwach, dass er nimmer rufen kann«, tröstete der alte Knecht und raunte der Wally ins Ohr: »Bäuerin, denk an die Leut! Lass dich net gehen!«

Sie erhob sich und wischte sich das zerzauste Haar aus der Stirn. »Bindet die Stricke zusammen«, sagte sie in ihrem gewohnt befehlsmäßigen Ton. »Worauf wartet ihr noch?«

Die Männer sahen sich zweifelnd an und schüttelten die Köpfe. »Wer soll sich denn daran hinunterlassen? Das ist zu gefährlich, denn die Seile sind viel zu schwach.«

»Wer schon?« Wallys dunkle Augen leuchteten geisterhaft in dem bleichen Gesicht. »Ich natürlich, ich werd's tun!«

»Du, Wally – du bist net gescheit. Wir brauchen einfach mehr starke Seile, damit sich zwei abseilen lassen können, um den Joseph zu bergen.«

»Und derweil stürzt er vielleicht vollends in die Tiefe, wenn er noch irgendwo hängt, und dann ist's endgültig aus.« Voller Empörung betrachtete Wally die Männer. »Seid ihr denn so feig, dass ihr nix wagt? Glaubt ihr, ich werd warten, bis ihr im ganzen Tal Seile gesammelt habt? Nix da, gebt mir den zusammengeknüpften Strick da.« Sie entzerrte das Knäuel, prüfte seine Länge und Stärke und half den Männern beim Aufwickeln.

»Langen könnt's schon, aber es hält gewiss nur einen«, meinte einer der Dörfler, zu Wally gewandt.

»Gib das Seil her, ich werd mich runterlassen. Wo er Platz zum Liegen hat, find ich Platz zum Stehen. Sowie ich einen sicheren Stand hab, bind ich mich los und mach ihn am Seil fest. Dann zieht ihr erst ihn nach oben und anschließend mich.«

Doch wieder schüttelten die Männer den Kopf. »Das geht net, mit eigener Kraft kann er sich kaum halten. Er braucht beim Hochziehen jemanden, der ihn stützt. Vielleicht ist er ja schwer verletzt, bewusstlos oder hat was gebrochen. Da kann er sich nie und nimmer von der Felswand abstemmen.«

Wally schwieg betroffen, denn daran hatte sie nicht gedacht. Trotzdem reckte sie sich entschlossen, schnürte sich das Seil um den Leib und griff nach ihrem Stock. »Lasst mich trotzdem hinab, zumindest will ich nach ihm suchen. Und wenn ich ihn find, bleib ich so lang bei ihm, bis von oben Hilfe kommt – ganz egal, wie viele Stunden es dauern mag.«

Die meisten wollten stumm gehorchen, doch da trat ihr der Alois in den Weg. »Wally, Wally – tu's nicht, sie sagen alle, das Seil sei zu schwach. Was willst dich in Gefahr bringen? Wenn schon einer runter muss, dann geh ich – schließlich liegt weniger an so einem alten Leben wie dem meinen.« Zustimmend nickten die Umstehenden.

Sie kamen damit schlecht an bei der Wally. »Jetzt schweigt endlich still«, rief sie aufgebracht. »Denkt daran, wie ich als Kind in die Felswand gestiegen bin, um den Geier zu holen. Das war genauso gefährlich. Aber hab ich gezögert? Nein! Und wenn ich mich damals um nix geschert hab, dann tu ich's erst recht jetzt nicht, wo es um das Leben vom Joseph geht. Also bildet eine Kette, statt dass ihr weiter auf mich einredet.« Und bevor jemand sie hindern konnte, war sie bereits über das Geländer in die Felswand gesprungen.

Alle schauten mit Entsetzen zu, wie sie langsam tiefer glitt, bis sie in die wabernden Nebel eintauchte und nicht mehr zu sehen war. Allein am Seil erkannten sie, dass sie sich noch bewegte, und bang starrten alle auf die Menschenkette, die sie hielt. Würde das Seil seine Last wirklich tragen? Niemand mochte diese Frage zu Ende denken. So schlich bleiern Minute um Minute dahin, als wäre auch die Zeit an ein Seil gebunden, geknüpft von dunklen Mächten.

»Es geht zu Ende«, ertönte plötzlich ein Ruf aus der Kette. »Das Seil ist zu kurz.«

»Jesus Maria, steh uns bei«, riefen nun alle durcheinander.

Nur noch ein kleines Stück hielten sie in den Händen, und noch immer drang von unten kein Zeichen herauf, dass sie ihr Ziel erreicht hatte. Die Männer drängten sich dicht an der Kante zusammen, hielten sich gegenseitig, um so viel Seil wie möglich noch nach unten zu lassen. Wenn es trotzdem nicht reichte, konnten sie nur die Wally wieder nach oben ziehen und den armen Joseph vorerst seinem Geschick überlassen.

Doch plötzlich wurde das Seil schlaff – die Wartenden erstarrten. War das ein gutes oder ein schlechtes Zeichen? Es konnte bedeuten, dass die morschen Stricke gerissen waren – oder dass die mutige junge Frau festen Boden unter den Füßen hatte. Die Frauen beteten, während die Männer sich langsam ans Aufwickeln machten. Allen erschien es wie ein Wunder, als sie plötzlich Widerstand spürten. Das Seil hatte gehalten, die Wally war heil unten angekommen. Da klang auch schon ein Rufen aus der Tiefe, und am nachlassenden Zug merkten die Leute, dass sich jemand nach oben bewegte. Stück für Stück ging das so – mal spannte sich die Halteleine, mal erschlaffte sie.

Mittlerweile war es Tag geworden und ein wenig heller, aber ein feiner, kalter Regen ließ die Schwaden in der Schlucht noch undurchdringlicher erscheinen. Niemand konnte erkennen, ob sich möglicherweise gerade in der Tiefe ein Drama abspielte. Hatte sie ihn überhaupt gefunden, fragte man sich bang. Die Bewegungen des Seiles ließen keinen Aufschluss darüber zu, und so spähten alle angestrengt nach unten, obwohl sie nicht die geringste Spur entdecken konnten. Warten war alles, was ihnen übrig blieb.

Doch plötzlich kam Bewegung in die Menge, denn das Seil stockte abrupt, und ein lauter Schrei zerriss die Stille. Niemand vermochte allerdings zu sagen, ob da jemand vor Freude oder vor Entsetzen geschrien hatte. Alle lauschten angestrengt, aber nichts schien sich mehr zu rühren in der Schlucht. Auch das Seil blieb unbeweglich. Da rannte mit einem Mal der Alois herbei, so schnell seine alten Beine ihn tragen konnten.

»Da schaut, was ich bring«, rief er schon von Weitem und deutete triumphierend auf ein starkes Rettungsseil über seiner Schulter. »Unserem Herrgott sei Dank! Als die Wally die Geschichte damals mit dem Geier erwähnt hat, da ist mir eingefallen, dass die Kathi, Gott hab sie selig, das Seil aufgehoben hat, an dem die Wally in die Wand gestiegen ist. Auf dem Speicher hab ich's gefunden, unter allem möglichen Gerümpel.«

Zuversicht und Erleichterung breiteten sich aus. »Dich schickt der Himmel mit deinem Fund«, sagte einer der Männer und klopfte dem Alois anerkennend auf die Schulter. Mochten die Leute auch keine großen Sympathien für die Wally gehabt haben, jetzt bewunderte sie sie uneingeschränkt wegen ihres Mutes. Außerdem war es eine Frage der Ehre, diese Rettungsaktion zu einem guten Ende zu bringen.

»Sie zupft am Seil«, schrie der Vorderste in der Kette, und gleichzeitig hörte man ziemlich nah den ungeduldigen Zuruf: »Noch immer keine Hilfe da?«

»Doch, ja, wart noch ein Weilchen.« Und schon wurde ein eiserner Widerhaken als Anker an das starke Tau geknüpft, eine zweite Kette gebildet, die das Zusatzseil halten musste. Der Dorfälteste übernahm das Kommando, um sicherzustellen, dass das Aufziehen gleichmäßig erfolgte, damit die Wally dicht bei dem Verletzten bleiben konnte. Als das Seil auf halber Höhe angehalten wurde, befahl er, noch ein kleines Stück zuzugeben, damit genügend Spielraum blieb, es dem Joseph umzubinden. Und dann hieß es wieder warten, schier endlose Minuten lang.

»Knüpf es ganz fest, Wally«, sagte der Alois beschwörend.

»Ja, Jesus, bind's nur so fest, wie du kannst«, ergänzte ein anderer.

Dann ein dreimaliger Ruck an beiden Seilen zugleich. »Aufziehen!«, befahl der Dorfälteste, und seine Stimme zitterte vor innerer Anspannung.

Die Männer, die die beiden Ketten bildeten, stemmten die Füße fest in den Boden, sodass auf ihren Armen und Stirnen die Adern vor lauter Anstrengung anschwollen. Vorsichtig und mit Umsicht, aber dabei mit aller Kraft begannen sie die doppelte Last heraufzuziehen. Eine riesige

Verantwortung für sie alle. Nicht auszudenken, wenn jetzt noch etwas schiefging.

Dann sahen sie es im fahlen Licht des trüben, regnerischen Morgens: Wallys Kopf tauchte über der Kante auf, dann ein Arm, der einen leblosen Körper stützte, während sie sich und den Verletzten mit der anderen Hand, in der sie ihren Stock hielt, kraftvoll von der Felswand abstemmte. Sofort griffen rettende Hände zu und zogen die beiden auf sicheren Boden.

Ringsum erhob sich erleichtertes Freudengeschrei. Alle drängten sich um die Wally, beglückwünschten sie zu ihrer neuen Heldentat, doch die junge Frau saß nur stumm da – unfähig, sich zu regen, unfähig, sich zu freuen. Erschöpft sank sie neben dem bewusstlosen Joseph zu Boden. Sie hatte alles gegeben – jetzt war sie am Ende ihrer Kräfte.

14

Doch es blieb nicht viel Zeit zum Ausruhen, denn der Verunglückte musste dringend versorgt werden, und so brachte man ihn zum nahen Höchsthof, bettete ihn in Wallys Kammer. Still und reglos lag er da, neben ihm die junge Frau, die sein Unglück durch ihre unbeherrschten Worte verursacht hatte und jetzt nichts anderes für ihn tun konnte, als Umschläge auf die klaffende, blutende Wunde an seinem Kopf zu legen – und für ihn zu beten. Zwar hatte sie nach dem Arzt geschickt, doch bis der aus dem Tal heraufkam, konnten Stunden vergehen.

So kniete sie neben dem Bett und gestand vor dem Herrgott und allen Heiligen, die sie gestern noch verflucht hatte, ihre schwere Schuld ein, um sich ihre Qualen und ihre Gewissensbisse im Gebet von der Seele zu reden. Und zum ersten Mal seit all den Jahren, in denen es zur fixen Idee geworden war, der Joseph dürfe nur ihr und keiner anderen gehören, war Wally fähig zu uneigennütziger Liebe. Sie flehte, diesen Mann am Leben zu lassen – dafür wolle sie alles geben und sogar auf ihn verzichten.

»Lieber Gotte, ich will auch nix mehr von ihm und ihn der Afra gönnen. Auf alles will ich verzichten, denn ich hab's net anders verdient. Aber bitte, lass ihn am Leben.«

Übermächtig drückte sie in diesen Stunden am Bett des Bewusstlosen das Wissen, dass nur sie, sie ganz allein die Schuld trug an dieser bösen Tat, von der noch niemand etwas ahnte. Denn solange der Joseph nicht reden konnte, glaubten alle an einen Unfall. Nur sie und der Vinzenz wussten, was sich wirklich zugetragen hatte. Schonungslos ging sie, die sonst gerne andere für ihr Missgeschick verantwortlich zu machen pflegte, mit sich zu Gericht. Unbarmherziger hätte kein weltlicher und kein himmlischer Richter sein können. Wally brauchte Hilfe.

In diesem Moment ging leise die Tür auf, und herein trat der alte Pfarrer von Heiligkreuz, der vor Jahren dem Mädchen, das sie damals gewesen war, in einer ebenfalls schier ausweglosen Situation eine große Hilfe gewesen war. Wally erschrak fast ein wenig, denn auch dem gütigen Geistlichen gegenüber plagte sie ein schlechtes Gewissen, weil sie seine wohlmeinenden Ratschläge so bedenkenlos in den Wind geschlagen hatte.

»Gott sei gelobt!«, rief der alte Herr und ging zum Bett, um den Verletzten näher in Augenschein zu nehmen. »Der arme Kerl«, sagte er mitleidsvoll und schaute die junge Frau prüfend an. »Der ist ja übel zugerichtet.«

Wally biss sich auf die Lippen, um nicht laut aufzuschreien.

»Nun, dem Herrn sei Dank, dass er das Ärgste verhütet hat in seiner Gnade«, fuhr der Pfarrer fort. »Mit Gottes Güte wird er hoffentlich wieder gesund werden – und dir kann man dann wenigstens keinen Mord unterstellen. Aber bedenke, mein Kind, dass die Absicht vor dem ewigen Richter genauso schwer wiegt wie die Tat selbst.«

Wally brachte kein Wort hervor, schaute den alten Mann nur fragend an.

Der deutete ihren verwunderten Blick richtig. »Du willst wissen, woher ich von der Sache weiß«, sagte er streng. »Der Vinzenz war bei mir, als er davongelaufen ist, und hat gebeichtet, mir von deiner Liebe zum Joseph und von seiner Eifersucht erzählt. Ich hab ihm die Absolution verweigert und ihm geraten, sich seiner Verantwortung zu stellen und vielleicht später durch ein besseres Leben Gottes Verzeihung zu erwerben. Was aber soll ich mit dir anfangen, Wally?« Er sah sie mit seinen klugen Augen durchdringend und traurig an.

Die schlug beide Hände vors Gesicht und weinte laut auf: »Ach, Hochwürden – übergeben Sie mich ruhig dem Gericht. Keine Strafe kann schlimmer sein als die, dass der Joseph bewusst daliegt und vielleicht stirbt. Das Liebste auf der Welt zu verlieren und auch noch dran schuld zu sein – kann es Ärgeres geben?«

Der Geistliche nickte mit dem Kopf: »So weit hast du's also gebracht – ein grobes Stück Holz bist geworden, weil du dem Messer Gottes keine Macht über dich gegeben hast.«

»Ja, Hochwürden, so ist es. Ich weiß, dass ich im Fegefeuer sühnen muss, aber das will ich alles auf mich nehmen, wenn's nur dem Joseph bald besser geht. Am liebsten würd ich von oben herab in die Ache springen.«

»Du bist eine Närrin! Meinst denn du, dass dadurch deine Tat wiedergutgemacht wird und du dir die ewige Seligkeit erkaufen kannst?«

»Was soll ich denn sonst tun?«, fragte Wally dumpf. »Kann ich denn mehr hergeben als mein Leben?«

»Leben kannst du, bereuen und büßen – und vielleicht auch Leiden auf dich nehmen. Das ist mehr wert, als zu sterben!«

Wally schüttelte den Kopf, ihre dunklen Augen starrten blicklos vor sich hin. »Ich kann und darf net weiterleben. Es ist mir bestimmt, dass ich in einen Abgrund stürz, genau wie der Joseph. So hab ich's vor Jahren auf dem Hochjoch geträumt, als mir die seligen Fräulein erschienen sind und mir dieses Ende angekündigt haben. Gegen solche Weissagungen kommt kein Mensch an.«

»Wally, Wally«, rief der Priester und schlug entsetzt die Hände zusammen. »Was redest denn da! Die seligen Fräulein? Um Himmels willen, das sind Sagengestalten, die kleinen Kindern Angst machen mögen, aber doch keiner jungen Frau wie dir. Wo hast bloß solchen Aberglauben her? Ich will dir sagen, was die seligen Fräulein in Wirklichkeit sind – deine eigenen wilden Leidenschaften und Gefühle, die mit dir durchgehen und mit denen du dir meist nur schadest. Und das, was du für Einflüsterungen dieser missgünstigen Feen hältst, das sind in Wahrheit deine eigenen bösen Gedanken! Hättest du dein maßloses, unbeherrschtes Wesen zu zähmen gelernt, dann wär dir in deinem Leben vieles erspart geblieben. Und der Joseph läge jetzt nicht auf den Tod da. Weißt, die eigene Schuld auf den Einfluss dunkler, überirdischer Mächte zu schieben, das führt zu gar nichts und macht nichts besser. Du musst endlich einsehen, dass das Böse nur in dir selbst bekämpft werden kann. Das ist der einzige Weg, um dir deinen Seelenfrieden zurückzubringen – und vielleicht auch dein Glück. Komm mit dir ins Reine, dann wirst du auch mit anderen Menschen in Frieden zusammenleben.«

Wally empfand bei den Worten des Pfarrers mit einem Mal eine große Befreiung. Das war der Weg, den sie gehen konnte. »Ja, Hochwürden, Sie haben ja so recht«, sagte sie voll überschwänglicher Begeisterung. »Ich versteh genau, wie Sie's meinen, und will es ganz gewiss probieren, mich zu ändern.«

»Ach Wally«, entgegnete mit einem traurigen Lächeln der alte Herr. »Ich will's probieren, das hast mir schon einmal versprochen. Und was ist draus geworden?«

»Diesmal halt ich mich ganz bestimmt dran, Hochwürden«, sagte Wally aus tiefstem Herzen, und der Geistliche bemerkte verwundert, wie sehr sie sich innerlich gewandelt zu haben schien.

»Kannst du das beschwören?«, fragte er eindringlich.

Da legte die junge Frau die Hand auf Josephs Brust, und erlösende Tränen quollen aus ihren Augen. Der Priester, der in langen Jahren gelernt hatte, in den Herzen der Menschen zu lesen, war bewegt, denn kein gesprochenes Gelübde hätte mehr sagen können als diese Geste.

Genau in diesem Moment bewegte sich der Verletzte, als wolle auch er mit seinen wiedererwachenden Lebensgeistern dieses Versprechen besiegeln, und murmelte einige unverständliche Worte. Sogleich beugte sich die reuige Sünderin über ihn, doch erneut schloss er die Augen und sank zurück in die Bewusstlosigkeit.

»Wo nur der Arzt bleibt«, jammerte Wally. »Es sind schon fünf Stunden, dass ich nach ihm geschickt hab.«

»Komm, beruhige dich, mein Kind«, tröstete sie der Geistliche. »Du weißt doch selbst, wie lang der Weg hier herauf ist. Und dein Bote ist frühestens vor zwei Stunden in Sölden eingetroffen. Da musst dich schon noch gedulden. Aber wenn ich ihn mir so anschau, dann kommt's mir nicht so vor, als ob er sterben müsste.«

Doch die junge Frau war nicht zu beruhigen. Sie seufzte nur tief. Um sie abzulenken, forderte der Pfarrer sie auf, zu erzählen, wie sich die Rettung genau zugetragen hatte, denn das wusste er noch nicht.

»Da gibt's net viel zu erzählen«, erwiderte sie beinahe abwehrend.

»Nun, es ist immerhin eine Tat, die den Männern des Dorfes alle Ehre macht. Warst denn du nicht dabei?«

»Freilich war ich da!«

»Nun, dann sei nicht gar so einsilbig. Ich hab auf dem Weg hierher mit niemandem gesprochen und weiß gar nichts. Wer hat ihn denn heraufgeholt?«

»Ich.«

»Gott steh dir bei! Du, Wally, du selbst?« Der Priester schaute Wally starr vor Staunen an.

»Ja, warum net!«

»Aber wie hast du das angestellt?«

»Sie haben mich am Seil hinuntergelassen, und da hab ich überall gesucht, bis ich ihn schließlich in der Wand gefunden hab, eingeklemmt zwischen Felsen und einem Zirbenstamm. Hätt da nicht dieser Baum gestanden, so wär er vollends hinabgestürzt bis hinunter in die Ache, und kein Mensch würd ihn mehr lebend heraufgebracht haben.«

»Kind, das war ja eine ganz mutige Tat! Mit der hast du dein eigenes Leben aufs Spiel gesetzt!«

»Na ja«, sagte sie, als wäre es das Selbstverständlichste auf der Welt. »Ich bin schließlich schuld, dass der Vinzenz ihn runtergeschmissen hat – da hab ich doch dafür sorgen müssen, dass er irgendwie wieder raufkommt.«

»Da hast recht, das ist nicht mehr als billig.« Der alte Pfarrer von Heiligkreuz konnte nur mit Mühe seine Bewegung unterdrücken. »Aber es war zugleich ein Akt der Sühne, der dir einen Teil der Schuld von der Seele nimmt.«

»Das zählt net. Wann er stirbt, so hab ich ihn umgebracht.«

»Das ist wahr, aber du hast Leben für Leben gegeben, hast das deine eingesetzt, um das seine zu retten – damit ist ein Teil von dem gesühnt, was du angerichtet hast – den endgültigen Richterspruch müssen wir Gott überlassen!«

Ein tiefer Seufzer kam aus Wallys Brust. »Ja, so ist es wohl, am Ende liegt alles in Gottes Hand.«

Das Auge des Geistlichen ruhte mit neu erwachtem Wohlgefallen auf ihr. Hatte er es nicht damals schon gespürt, dass dieses Mädchen kein schlechtes Herz haben konnte. Und all die Jahre hatte er an sie gedacht und für sie gebetet, dass der Allmächtige sich ihrer annehmen möchte – wollte nicht wie all die anderen glauben, dass sie eine verlorene Seele sei.

Endlich kam der Arzt, noch ganz erschöpft vom langen Aufstieg auf die Sonnenplatte. Wie gebannt schaute Wally ihn an, denn von seiner Diagnose hing ihre Erlösung oder ihre Verdammung ab. Bevor er sich dem Joseph zuwandte, schob er erst einmal die Schar der Neugierigen wieder zur Tür hinaus, die sich hinter ihm ins Zimmer zu drängen suchten. Im Übrigen war er kein Mann großer Worte, sondern versah schweigend seine Arbeit. Nur als er die Kopfbinde abnahm, murmelte er: »Da ist bestimmt eine Gewalttat im Spiel!«

Wally stand dabei, bleich und starr wie eine Statue. Als der Arzt den zerschundenen Körper genauer zu untersuchen begann, wandte sie voller Scham den Kopf ab. Bückte sich dann, um nach dem zertretenen Kruzifix am Boden zu greifen, und drückte beschwörend einen Kuss darauf. Als habe der Himmel diese stumme Bitte gehört, kam gleich darauf das erlösende Urteil des Arztes: »Keine der Wunden ist tödlich – der Kerl muss Knochen haben wie ein Mammut.«

Als Wally daraufhin weinend zusammenbrach, verstand der Mediziner die Welt nicht mehr, unterdrückte jedoch auf einen Blick des nach wie vor anwesenden Priesters hin jeglichen Kommentar. Stattdessen sagte er nur trocken: »Nimm dich zusammen, Höchstbäuerin, und hilf mir die Verbände anzulegen.«

Wieder beobachtete sie der alte Geistliche, und wieder war sein Herz erfüllt von vorsichtiger Freude. Die wird schon noch, dachte er bei sich und hoffte inständig, dass sich für die Wally trotz ihrer schlimmen Verfehlungen noch alles zum Guten wenden möge.

Nachdem der Kranke fachgerecht versorgt war, verließen Doktor und Pfarrer die Schlafkammer, und die junge Frau blieb wieder allein an Josephs Bett zurück. Sie setzte sich auf einen Schemel und betrachtete ihn eingehend. Ruhig und gleichmäßig atmete er jetzt, auch schien ihr, dass er schlief und nicht mehr bewusstlos war. Am liebsten hätte sie seine Hand ergriffen, die auf der Decke lag, doch eine tiefe Scheu hielt sie zurück. Hatte sie nicht versprochen, auf den Joseph verzichten zu wollen, wenn er nur am Leben blieb? Damit war jeder Anspruch auf ihn verwirkt – und damit auch das Recht, ihn überhaupt nur berühren zu dürfen. Seit dem Moment, als sie hörte, dass er leben würde, war er für sie verloren, und trotz unsäglichen Kummers musste sie jetzt darangehen, sich diese Liebe aus ihrem Herzen zu reißen und zu begraben.

Wally litt schweigend. Sie weinte nicht und klagte nicht, ballte nicht, wie früher, zornig die Fäuste. Das Geschehen der letzten beiden Tage hatte ihr eine bittere Lektion erteilt. Sie erkannte, dass man auch bereit sein musste, zu erdulden und zu ertragen, was einem das Schicksal auferlegte – selbst wenn man sich lieber dagegen auflehnen würde. Beides gehörte zusammen, jedes für sich allein war falsch.

Solchermaßen damit beschäftigt, ihre widerstreitenden Empfindungen neu zu ordnen, merkte sie kaum, wie die Tür geöffnet wurde. Erst an der Stimme, die verzweifelt schluchzte »Joseph, ach Gott, Joseph«, erkannte sie, wer das Zimmer betreten hatte. Afra, der sie diesen Mann früher um nichts in der Welt gegönnt hatte und der sie nun durch ihren Schwur verpflichtet war. Trotzdem tobte noch einmal ein Kampf in ihrem Innern, während die andere sich laut weinend über den Schlafenden beugte und seine zerkratzten, schorfigen Wangen streichelte.

»Afra«, sagte sie schließlich leise und gefasst, »wennst den Joseph wirklich so lieb hast, wie's ausschaut, dann sei jetzt still, denn der Doktor hat gesagt, er braucht sehr, sehr viel Ruhe.«

»Wie kann ich unbeteiligt dabeistehn?«, jammerte die Afra. »So was kann nur verlangen, wer kein Herz im Leib hat. Für mich ist der Joseph mein Ein und Alles – ich hab nur ihn auf dieser Welt. Was soll aus mir werden, wenn er stirbt?« Statt ihre Stimme zu mäßigen, schluchzte sie noch lauter und schüttelte den Kranken am Arm.

Das ging der Wally zu weit. »Jetzt will ich dir was sagen, Afra! Der Joseph steht unter meiner Obhut, und ich bin verantwortlich dafür, dass alles so läuft, wie's der Doktor angeordnet hat.

Und daran hast auch du dich bei allem Jammer zu halten. Drum bitt ich dich ein letztes Mal: Sei still, sonst muss ich dich aus der Kammer weisen, bis du Vernunft annimmst. Später wirst sowieso die Pflege übernehmen, denk ich mir – und dann gehört er dir. Aber so lang bestimm ich, was geschieht!«

Doch die Afra ließ sich weder beruhigen, noch war sie bereit, das Feld zu räumen. »Ich hab größere Rechte an dem Joseph als du, und wennst mich net bei ihm lässt, dann besteh ich drauf, dass er auf der Stelle zu mir getragen wird. Da kann ich tun, was ich will, und weinen, so viel ich mag. Von dir, du hochmütige Höchstbäuerin, die überall Unglück anrichtet – von dir lass ich mir keine Vorschriften machen.«

Wally schwieg betroffen, bevor sie erneut das Wort ergriff. »Afra, ich weiß, dass ich dir Unrecht getan hab, als ich so gehässig über dich geredet hab. Und das tut mir leid. Aber was den Joseph angeht – da sollst wissen, dass ich ihn vor allem für dich aus dem Abgrund geholt hab, weil ich etwas wiedergutmachen wollt. Das musst mir glauben, Afra. Und jetzt mach ich dir freiwillig Platz. Ich geh weg, damit du den Joseph hier pflegen kannst. Ihr gehört zusammen, das hab ich eingesehen. Wenn du magst, kannst mit ihm auf dem Höchsthof bleiben. Wer weiß, wann ich zurückkomm, aber auf jeden Fall will ich immer für euch beide sorgen, damit ihr euer Auskommen habt. Vielleicht könnt ihr dann eines Tages der Geierwally vergeben.«

»Wally, Wally«, rief Afra. »Jesus, was denkst denn du? Ich bitt dich – Joseph, was soll ich tun? Wenn ich doch nur reden dürft!«

»Lass es gut sein«, wehrte Wally ab. »Lass mich gehen, und du pfleg den Joseph gut, damit er wieder ganz gesund wird. Versprich's mir!«

Mit diesen Worten ging sie zur Truhe, schnürte Kleider und Wäsche zu einem Bündel und reichte der Afra ein Päckchen mit neuen Leintüchern. »Schau her, das braucht der Doktor, wenn er heut Abend wiederkommt und die Verbände wechselt. Am besten, du richtest vorher schon alles her und schneidest den Stoff zurecht. Und alle Viertelstunden musst ihm einen neuen kühlen Umschlag auf den Kopf legen, damit er net das Fiebern anfängt. Außerdem soll er immer hoch gelagert werden, sagt der Doktor. Also pass auf, dass du die Kissen gut aufschüttelst. Und wenn er umgebettet werden muss, dann hol dir den Alois – du allein hast nicht genug Kraft, dass du ihn hebst. Ja, das war's nachher. Ich geb ihn in deine Hände – und Gott behüt euch beide.« Mit diesen Worten war sie zur Tür hinaus.

Draußen ging sie zu dem alten Knecht, der mit dem Pfarrer zusammenstand. »Ich geh jetzt«, rief sie ihm ins Ohr. »Der Joseph und die Afra bleiben auf dem Hof. Betrachtet sie als Bauer und Bäuerin, bis ich wiederkomm. Sagst bitte auch den anderen Bescheid.«

Der Alois traute sich nicht, nach den Gründen zu fragen. »Adieu, Bäuerin, komm bald wieder, sehr bald«, sagte er.

Doch er wartete die Antwort nicht ab, weil er sie zu kennen glaubte.

Dann verabschiedete Wally sich von dem Geistlichen, der sie prüfend ansah. »Jetzt hab ich nix mehr, woran mein Herz hängt, außer meinem Geier«, sagte sie erschöpft. »Komm, Hansl«, lockte sie den Vogel, der aufgeplustert und faul auf seinem Spalier saß und nun schwerfällig angeflogen kam. »Jetzt musst wieder gescheit fliegen lernen, Hansl, es geht wieder fort.«

»Wally«, sagte der Priester bekümmert, »was hast du vor?«

»Hochwürden, ich muss weg von hier. Ich muss mich besinnen, wie ich meine Schuld büßen kann. Und dann ist da noch was: Lieber zieh ich von Ort zu Ort, um mir mein Brot zu verdienen. als zuzuschauen, wie der Joseph mit der Afra glücklich wird. Das würd mir das Herz zerreißen. Gell, das sehen Sie doch ein, dass ich das net über mich bring?«

»Weißt du wirklich, was du da tust, mein Kind? Du kannst doch nicht herumvagabundieren. Soll ich dir nicht vorerst in einem Stift oder einem Kloster eine Unterkunft besorgen, wo du in aller Ruhe über alles nachdenken kannst?«

»Nein, Hochwürden, das ist net meine Sache. Ich muss trotz allem auf meine Weise leben können. Hinter Mauern und in Zellen würd ich mich eingesperrt fühlen, so gut's auch gemeint sein mag. Ich brauch Gottes freien Himmel, seine Natur. Nur so kann ich über mich und mein Leben nachdenken, über das, was geschehen ist, und über das, was vor mir liegen mag.« Sie machte eine Pause, um nachzudenken. »Aber vielleicht haben Sie recht mit dem planlosen Herumziehen. Es gibt was Besseres für mich, nämlich oben auf dem Berg zwischen Felsen und Wolken, wo mir der Wind um die Ohren bläst. Da mein ich immer, dem Himmel ganz nah zu sein und gute Gedanken zu haben.«

»Dann geh in Gottes Namen«, segnete sie der alte Priester. »Wohin dich dein Weg auch führen mag, ich glaub fest daran, dass er dich zu Gott führt – und eines Tages auch wieder zurück in die Gemeinschaft der Menschen.«

15

Und dann war sie wieder auf dem Hochjoch, wo sie einige Sommer als Viehmagd gelebt hatte. Vom Vater dorthin verbannt, um ihren Willen zu brechen, und zugleich freiwillig aus der Gemeinschaft der Menschen ausgeschieden, um nicht das tun zu müssen, was die anderen von ihr erwarteten, haderte sie damals mit Gott und der Welt. Fühlte sich herausgehoben über alles im Tal und betrachtete sich gar als Teil der majestätischen Bergwelt, als Kind Murzolls, des Gletschergeistes.

Zwar verspürte sie erneut die lockende Versuchung, sich ganz diesem Gefühl der Erhabenheit, der Zugehörigkeit zu dieser Welt aus Fels und Eis hinzugeben, doch diesmal war sie in die Einsamkeit gegangen, um ihr eigenes Leben, ihr Tun und Lassen zu überdenken. Und vor allem ihre schwere Schuld, die selbst hier oben, wo der Atem freier ging und manches Schwere von einem abfiel, nicht leichter wurde.

Daran änderte sich auch nichts, als sie von Vinzenz' Tod erfuhr. Der Pfarrer von Heiligkreuz war eigens den mühsamen Weg zu ihr heraufgewandert, um ihr die Neuigkeit zu überbringen. Der Vinzenz habe es vorgezogen, sich selbst zu richten, anstatt sich seinen weltlichen Richtern zu stellen, erzählte er ihr. Doch das vermochte Wally weder zu trösten noch zu beruhigen. Zwar war jetzt ein Mitwisser weg, der sie belasten konnte. In ihren Augen aber änderte das nichts. Wenn sie überhaupt Vergebung finden konnte, dann nur durch den Joseph. Sonst, das schien ihr unausweichlich, musste sie sich stellen – oder den Freitod wählen wie der Vinzenz.

Zwei Monate hauste sie bereits wieder in der schäbigen Hütte mit ihrem Hansl als einzigem Freund und Begleiter. Viele Male war sie der Verzweiflung nahe, und in solchen Momenten dachte sie wieder an jenen seltsamen, lange zurückliegenden Traum, in dem die seligen Fräulein ihr ein Ende durch einen Sturz in den Abgrund prophezeit hatten. Ach, seufzte sie dann vor sich hin, wie viel leichter wäre es doch, einfach zu sterben.

Aber hatte sie nicht dem Pfarrer ihr Wort gegeben, sie wolle sich diesmal ehrlich bemühen, sich und ihr Leben zu ändern? An diesem Versprechen richtete sie sich schließlich immer auf und beschloss, mit ihrem großen Vermögen fortan viel Gutes für die Leute im Tal zu tun. Auch begann sie, bescheidene Pläne für die Zukunft zu schmieden: Ein winterfestes Haus etwas weiter unten am Berg, aber noch einsam gelegen, plante sie fürs Erste – alles Weitere würde sich vielleicht von alleine finden.

Und das tat es auch. Eines Tages – wieder einmal war sie auf einen der umliegenden Gipfel gestiegen – saß sie in der Mittagssonne und schaute versonnen in die Ferne. Um sie herum ragten weiße Zacken und Eisspitzen empor, erstreckten sich bläulich schimmernde Gletscher, ein Meer von Eis. Eine friedliche Ruhe lag über der erstarrten Welt. Am Horizont grüßten andere gewaltige Gebirgszüge, traumhaft umwoben von mittäglichen Dunstschleiern. Sich vorzustellen, dass unten im Tal alles grünte und blühte, fiel der einsamen Wanderin schwer. Sinnend folgten ihre Augen einer kleinen weißen Wolke, die hin und her zog, bevor sie an einer scharfen Felsnadel zerriss. Schade, dachte Wally, und ein Gefühl der Traurigkeit und des Mitleids mit dem zerplatzten zarten Gebilde überkam sie, als wäre dieses ein Sinnbild ihres eigenen Lebens. Neben ihr hockte der Geier, putzte sich gelangweilt das Gefieder und dehnte träge die Schwingen. Doch plötzlich wurde er unruhig, drehte horchend den Kopf, machte einen langen Hals und flog kreischend ein Stück weiter nach oben.

Wally erhob sich ein wenig, um zu sehen, was den Hansl erschreckte – und entdeckte mitten auf dem rissigen Eismeer mit seinen Schrunden und Spalten eine menschliche Gestalt, die geradewegs auf sie zukam. Beim Näherkommen entdeckte sie dunkle Augen, einen schwarzen Schnurrbart, sah das Winken und hörte eine vertraute Stimme, die einen Ruf zu ihr heraufschickte – so wie damals an jenem Tag, als sie ihn mit dem Fremden in der Schlucht beobachtet hatte und sie noch ein unschuldiges Kind war, das sein Herz an diesen feschen Burschen verloren hatte.

Unwillkürlich ließ sie ihr Leben Revue passieren. Was war seitdem aus ihr geworden? Eine hochmütige, herrische Frau, die keiner mochte, eine Brandstifterin und um ein Haar eine Mörderin. Wally schauderte es.

Furcht überfiel sie. Was wollte er hier oben bei ihr? Sie holen und der Gerichtsbarkeit überantworten? Oder selber Rache nehmen? Aber begab man sich deshalb in Gefahr und überquerte einen gefährlichen Gletscher?

Nicht noch einmal wollte sie Schuld haben an einem Unglück. »Joseph, bleib unten, kehr um – nicht dass dir was passiert.«

Aber da stieg er schon behände das letzte Felsstück zu ihr herauf und stand vor ihr. Sie aber streckte abwehrend die Hände aus und verbarg ihr Gesicht in ihrem Schoß.

»Wally, was ist denn jetzt? Du tust ja, als hättest Angst vor mir«, redete er ihr zu und zog sie mit starken Armen zu sich empor. »Schau mich an – warum magst mich denn net sehen? Ich bin's doch, der Joseph, und will mich bedanken, weil du mir das Leben gerettet hast. Dafür bin ich dir auf immer und ewig verpflichtet. Das wollt ich dir sagen.«

Diese überraschende Wendung war zu viel für die junge Frau. Mit allem hatte sie gerechnet, aber nicht damit. Vielleicht hatte sie auf Vergebung gehofft, doch nie auf Dank. Unfähig, ein Wort zu sagen, lag sie in Josephs Armen.

»Jesus, Dirndl, wie schaust denn du aus? Als wolltest jeden Moment sterben! Wo ist denn die stolze Geierwally geblieben? So red doch! Aber das kommt davon, wenn man sich in die Einsamkeit zurückzieht. Höchste Zeit, dass du wieder unter Menschen kommst. Jetzt gehen wir erst einmal zu deiner Hütte, denn ich hab viel mit dir zu besprechen«, sagte er und stützte die nach wie vor apathische und von ihren Gefühlen überwältigte junge Frau beim Abstieg. Unten setzte er sie behutsam auf den Boden, streckte sich neben ihr aus, das Kinn in die Hand gestützt, und schaute sie mit glühenden Augen an, ohne auf ihren verstörten Gesichtsausdruck zu achten.

»Ich hab so viel an dir gutzumachen, Wally«, begann er zögernd, »und ich wär schon lange gekommen, wenn mich der Doktor gelassen hätt, aber er hat halt gemeint, es tät vielleicht meiner Gesundheit schaden. Und das wär doch schade, wo das Leben nun richtig beginnen kann.« Er nahm ihre Hand und hielt sie fest. »Jetzt, wo du mich vorm Tod bewahrt hast! Die Leut haben mir erzählt, was du für mich fühlst – und genauso steht's auch um mich.« Sanft streichelte er ihre Hand.

Wally zuckte vor Schreck zusammen – nicht wegen der Berührung, sondern wegen seiner Worte. Verwirrt schaute sie ihn an. Das konnte doch nicht sein! Schließlich liebte er die Afra, dachte sie und suchte nach einer plausiblen Erklärung für sein Verhalten, das sie nicht zu entschlüsseln vermochte.

»Joseph, worauf willst du hinaus? Meinst etwa, dass du mir jetzt verpflichtet bist – mich aus Dankbarkeit gern haben müsstest und am End gar die Afra im Stich lässt? Nein, Joseph … Gott ist mein Zeuge – ich mag zwar kein guter Mensch sein, aber so schlecht, dass ich eine unverdiente Belohnung annehm und mir ein Herz wie ein Trinkgeld schenken lass, bin ich net. Und vor allem will ich keine andere ins Unglück stürzen. – Das tu ich nie und nimmer, das bringt kein Glück«, fügte sie leise hinzu. Sie hatte ihre Fassung zurückgewonnen, sich wieder unter Kontrolle gebracht. Jetzt straffte sie sich und stand auf, um zur Hütte zu gehen, doch Joseph hielt sie entschlossen zurück. »Wally, hör mich doch erst an!«

»Nein, Joseph, kein Wort mehr! Ich dank dir für deinen guten Willen, aber es hat alles keinen Zweck.«

»Wally, ich glaub, du verstehst gar nix oder alles falsch.« Er legte ihr die Hand auf die Schulter, und sein Blick hielt den ihren so fest, dass sie ihren Widerstand aufgab.

»So red halt«, sagte sie mit leiser Stimme und ließ sich abwartend auf einem Felsblock nieder.

»Schau, ich will dir alles erklären, auch wenn's schwierig zu verstehen ist. Anfangs hab ich dich wirklich net leiden können und wollt nix von dir wissen, nach allem, was die Leut so erzählt haben. Dabei hab ich dich doch gar nicht gekannt. Aber dass du schön warst, das hab ich gesehen – besonders damals in Sölden bei deiner Firmung. Nur ist da die Geschichte mit deinem Vater dazwischengekommen, und da hab ich net anders können als dir aus dem Weg gehen. Bis du den Streit mit der Afra gehabt hast. Denn was man der tut, das tut man auch mir, und deshalb hab ich's dir an Peter und Paul heimzahlen wollen. Das war gemein, ich weiß, aber irgendwie hab ich die Afra verteidigen müssen. Sie ist nämlich meine Schwester.«

Wally traute ihren Ohren nicht. Gott, war sie dumm gewesen, dachte sie unwillkürlich. Was hatte sie unnötigerweise angerichtet? Und schmerzvoll erkannte sie, dass allein durch ihre Verblendung das Glück ihres Lebens verspielt worden war. Dass es noch eine Hoffnung für sie gab, daran wagte sie nicht zu glauben. Gespannt wartete sie, was Joseph ihr noch zu sagen hatte.

Der schwieg eine Weile, bevor er mit seiner Erzählung fortfuhr. »Die Mutter wird's mir verzeihn, dass ich ihr Geheimnis ausplaudere, aber es geht nimmer anders. Zu viel Unheil ist deshalb schon geschehen. Und ich vertrau dir, dass du's nicht weitersagst. Meine Mutter hat's mir auch erst auf dem Sterbebett erzählt, dass sie vor mir und vor ihrer Ehe schon ein lediges Kind drüben im Vinschgau gehabt hat. Und ich hab ihr in die Hand versprechen müssen, dass ich mich um die Afra kümmer. Deswegen hab ich sie hergeholt und zum Lammwirt gebracht, damit sie in meiner Nähe ist. Aber niemand anderes sollte davon wissen, weil sonst die Mutter nach ihrem Tod noch verunglimpft worden wär.«

So war das also. Alles erschien plötzlich in einem anderen Licht: die Wanderung übers Gebirge, das Beisammensitzen im Wirtshaus, Afras Zusammenbruch an Josephs Bett. Wally hielt sich den Kopf mit beiden Händen, als könne sie es nicht fassen, wie verblendet sie in ihrer unbeherrschten, sinnlosen Eifersucht, ihrem verletzten Stolz gewesen war – und in ihrer maßlosen Rachsucht. Sie hätte die Wahrheit erkennen können, wären da nicht ihre Hirngespinste und ihre bösen Gedanken gewesen. Ihre Schuld erschien ihr plötzlich noch viel größer als zuvor.

Joseph, der nicht bemerkte, wie sich eine Mischung aus Resignation und Entsetzen über ihre Gesichtszüge legte, kam jetzt zum letzten Teil seines Berichts. »Weißt, ich war so enttäuscht von deinem Verhalten, dass ich gedacht hab, ich muss es dir heimzahlen. Weil doch das ganze Dorf es mitbekommen hat. Die Afra wollt es mir ausreden, aber alle anderen haben mich angestachelt. Und dann hab ich nimmer zurück können, obwohl's mir bald leidgetan hat. Weißt, plötzlich ist's über mich gekommen, und ich hab gemerkt, dass ich dich gern hab. Denn wie du da so an meiner Brust gelegen bist, da ist mir ganz anders geworden. So warm ums Herz wie nie zuvor. Ich hab mir trotzdem weiter eingeredet, dass das nix bedeutet. Warum auch sollt ich dich plötzlich mögen? Aber tief drinnen hab ich gespürt, dass du ganz anders bist und sich hinter deinem Hochmut und Stolz ein liebes Herz versteckt. Das hast mir ja seitdem reichlich gezeigt. Nicht nur, weilst mich gerettet hast – nein, auch mit deinem Angebot, dass du uns auf deinem Hof Wohnrecht gibst. Das hätt kein anderer getan. Jetzt weiß ich's ganz gewiss, doch gespürt hab ich's schon damals. Und deshalb bin ich auch in der Nacht noch mal aufgestanden und hab mich auf den Weg zu dir zu gemacht. Damit ich gleich am Morgen mit dir sprechen kann. Was dann passiert ist, weißt ja.«

In diesem Moment war es vorbei mit Wallys mühsam bewahrter Beherrschung – sie fing hemmungslos zu weinen an. »Ja, ja«, sagte sie unter Tränen. »Das weiß ich nur zu gut. Der Vinzenz hat dich umbringen wollen, hat auf dich geschossen und dich schließlich in die Schlucht gestürzt. Und an allem bin ich schuld. Ich ganz allein.«

»Wally, was sagst denn da?« Joseph schien ehrlich überrascht.

Und da erzählte die junge Frau ihm die ganze unselige Geschichte, wie sie im Gasthaus angesichts der erlittenen Demütigung außer sich geraten sei vor Wut und nicht gewusst habe, wie sie es ihm, dem Joseph, mit gleicher Münze zurückzahlen sollte. Und da seien eben diese schrecklichen Worte gefallen. »Ich hab's net wirklich ernst gemeint, bestimmt nicht. Aber ich hätt wissen müssen, dass der Vinzenz nur auf so eine Gelegenheit gewartet hat«, schluchzte sie.

Der Joseph schaute sie verwirrt an, als könne er das Gehörte nicht begreifen, doch er fasste sich schnell wieder. »Komm her, Wally. Wir haben uns beide böse Streiche gespielt, aber zum Glück ist ja nix passiert, was net wiedergutzumachen wär. Und das will ich dir glauben, dass du's nicht so gemeint hast. Wenn wir zwei einander gernhaben, dann ist das doch die Hauptsache. Alles wird gut, du musst es nur wollen.«

»Ob ich will?«, antwortete sie. »Seit der Zeit, als ich dich zum ersten Mal gesehen hab, hat's keinen anderen für mich gegeben. Deswegen hab ich mich auch so gegen den Vater gewehrt, der mich mit dem Vinzenz hat verheiraten wollen. Da bin ich lieber aufs Hochjoch gegangen und drei Jahre in der Einöde herumgezogen, hab an allen Türen angeklopft, damit ich im Winter Arbeit und Brot finde. Ja, und so hab ich mich hineingesteigert in den Gedanken, es könnt gar net anders kommen, du müsstest mir gehören. Und deshalb war ich auch so eifersüchtig, als ich die Afra kennengelernt hab. Die hat er lieb und nicht mich, hab ich gemeint. Und deswegen hab ich mich dann so unmöglich benommen, nicht nur der Afra gegenüber. An allen Leuten, auf dem Hof und im Dorf, hab ich meinen Ärger und meine Enttäuschung ausgelassen. Und ich weiß jetzt wirklich net, ob's da für uns noch einen Weg gibt. Nach allem, was passiert ist und was ich mit meiner blinden Wut angerichtet hab. Vielleicht geschieht's mir ja recht, wenn ich nun auf dich verzichten muss.«

Eine ganze Weile schwiegen beide. Dann legte Joseph eine Hand unter ihr Kinn und hob sanft ihr Gesicht in die Höhe. Seine Augen schauten sie liebevoll an.

»Mein armes Dirndl«, flüsterte er, zog sie in seine Arme und küsste sie voll heißem Verlangen, damit alle weiteren Fragen und Einwände erstickend. Schließlich ließ er von ihr ab und rief voller Freude so laut, dass die Felswände das Echo zurückwarfen: »Ich hab dich ganz schrecklich lieb und will nix anderes im Leben, als mit dir zusammen zu sein.«

Wally konnte es noch immer nicht wirklich fassen, dass sich für sie noch alles zum Guten wenden sollte. Nie gekannte Glücksgefühle durchströmten sie – und endlich, endlich war auch sie in der Lage, die Vergangenheit ruhen zu lassen. Nicht zu vergessen jedoch, denn nur auf dem Umweg über viele schwere Prüfungen hatte sie zu sich und damit zu ihrem Glück gefunden.

Und voll Dankbarkeit dachte sie an den alten Pfarrer, der den Glauben an das Gute in ihr nie aufgeben wollte. Sie beschloss, so bald wie möglich mit dem Joseph zu ihm nach Heiligkreuz zu gehen, denn dort wollte sie ihm vor dem Altar das Jawort geben.

Es war Abend geworden. Wohlwollend schaute das milde Antlitz des Mondes von oben herab auf die beiden Liebenden, die sich nach so vielen Irrwegen endlich gefunden hatten. Sie saßen glücklich in der kleinen Hütte bei einem wärmenden Feuer, redeten sich noch einmal alles von der Seele, was sie bewegte, und konnten nicht aufhören, einander zu umarmen und zu küssen. Draußen sang der Nachtwind sein Lied, das wie eine hochzeitliche Harfenmusik klang. Auf dem Dach der Hütte träumte der Geier.

Am anderen Morgen machten sie sich daran, ins Tal hinabzusteigen in ihr neues, gemeinsames Leben. Noch einmal drehte sich Wally um, betrachtete die Stätte, wo sie so viele Monate verbracht hatte.

»Jetzt komm ich nimmer wieder«, sagte sie mit leiser Wehmut. »Hier oben hab ich eine Heimat gefunden, als ich keine andere mehr gehabt hab.« Doch dann nahm ihre Stimme einen ganz frohen Klang an: »Aber von jetzt an liegt mein Glück drunten im Tal, bei dir und bei den Menschen, und dort wird auch für alle Zukunft meine wahre Heimat sein. Ich hab lang gebraucht, bis ich das erkannt hab.«

Sie legte ihren Arm auf den von Joseph. »Lass uns gehen.«

»Ja, komm nur, ich führ dich heim als meine Braut, und dann dauert's nur noch eine kurze Weile, bis wir Mann und Frau sind. – Habt ihr's gehört, ihr seligen Fräulein«, rief er übermütig. »Mir gehört sie, euch und allen bösen Geistern zum Trotz. Ihr habt vergeblich versucht, dass ihr sie hier oben ich eurem eisigen Reich festhaltet.«

»Sei still«, sagte Wally erschrocken und legte ihm die Hand auf den Mund. »Forder sie um Himmels willen net heraus!« Doch dann lachte sie laut und befreit auf, weil ihr die Worte des alten Priesters in den Sinn kamen. »Unsinn red ich da, es gibt keine seligen Fräulein, keinen Murzoll und überhaupt keine bösen Geister – es gibt nur den lieben Gott, der uns nur Gutes will!«

Aber den Geier, den gab es noch und der schien zu spüren, dass es zu Ende war mit dem Leben in der Gletscherwelt, denn er rauschte vom Dach der Hütte herab geradewegs auf die beiden zu. »Hansl«, rief Wally, »dich hätt ich um ein Haar vergessen in meinem Glück. – Du«, wandte sie sich dann lächelnd an den Joseph, »mit dem musst dich künftig vertragen, denn er gehört zur

Familie. Außerdem seid ihr Schicksalsgefährten, denn ich hab euch beide aus dem Fels geholt.«

Arm in Arm machten sie sich an den Abstieg. Es war wie ein kleiner Brautzug, gekrönt von den goldenen Strahlen der Morgensonne, die die weißen Gletscher in ein festliches Licht tauchte. So schritten sie voll Seligkeit in eine gemeinsame Zukunft. Hoch über ihnen in der Luft kreiste der Geier, der erste Zeuge ihres jungen, unter so vielen Opfern erworbenen Glückes.